우리의
활보는
사치가
아니야

우리의 활보는 사치가 아니야

휠체어 탄 여자가
인터뷰한
휠체어 탄 여자들

김지우
지음

Ⓗ

일러두기

- 이 책의 사진 이미지에는 음성 변환 시 시각장애인의 이해를 돕기 위한 대체 텍스트가 삽입되어 있다.

표지 설명

초록색 바탕에 휠체어를 타고 달리는 여섯 명의 사람이 있다. 모두 노란색 상의와 하늘색 하의를 입고 있다. 휠체어 프레임은 검은색이고, 시트는 살구색이다. 공중에서 카메라를 비추는 구도여서 사람들의 정수리가 보인다. 짧은 머리, 단발머리, 묶은 머리 등 머리 모양이 다양하다. 바지를 입은 사람, 치마를 입은 사람, 하얀 모자를 쓴 사람도 있다. 휠체어의 속도를 표현하듯 모두의 휠체어 뒤에 하얀 선이 여러 줄 그어져 있어 동감이 느껴진다. 서로를 교차해 앞서고 뒤따르는 여섯 사람은 각자의 지향점을 향하되 동행이 되어 주는 듯하다.

언니들의 목소리는 나를 나아가게 한다

긴 인생은 아니었으나 살아온 모든 순간을 회고하는 첫 책을 쓰던 당시, 다시 책을 낼 일은 없으리라 생각했다. 더는 할 이야기가 없을 줄 알았다. 하지만 그것은 큰 착각이자 오만이었다.

내 몸속에 오롯이 나인 것은 많지 않다고, 다른 이들이 모여 나를 이룬다고 종종 생각한다. 엄마인 현미의 활기와 아빠인 태균의 실행력, 나를 스치거나 내 곁에 머문 이들의 조각이 모여 나를 만들었다. 동거하고 있는 비인간 가족인 강아지 쮸의 무던함과 고양이 꾸미의 기발함이 여전히 나를 새롭게 한다.

또 어떤 것이 내 몸에 그득할까. 살펴보면, 언니들이 있었다. 언니들의 실패와 좌절, 언니들의 용기와 도전. 언니들의 몸짓과 목소리가 나를 만들어 나가고 내 손을 잡아 미래로 이끈다.

그중에서도 휠체어 탄 언니를 볼 때면, 가까이 있든 멀리 있든 우리 안에서 공명하는 무언가를 느낀다. 각자의 역사가 다름에도 우리를 통과하는 감각은 놀랍게도 비슷한 모양을 하고 있어서 마주침은 서로에게 웅웅대는 파장을 만들어 낸다. 그 울림은 내게 정겹고 그리운 것이라, 계속 진동을 좇아 움직이게 된다.

휠체어 탄 언니들을 만나고 나서 많은 것이 바뀌었다. 내고난과 외로움은 지독히 독특하고 아무도 알아주지 않는 것이 아니라, 많은 언니가 경험한 대수롭지 않은 일이거나 참고문헌을 따라 마주할 수 있는 일이 되었다. 휠체어를 탄 채로 어른이 된다는 것은 순응이나 실패가 아니라, 바퀴의 동력으로 더 멀리 구르는 삶을 살게 된다는 말이었다. 장애와 함께 사는 미래는 불투명한 미지의 시간이 아니라, 이미 수많은 갈래로 뻗어 나간 언니들이 있는 실제의 시간이기도 했다.

이 진동을 더 널리 퍼뜨리고 싶었다. 아직 세상과 단절되었다고 느끼는 장애여성들이 언니들을 만나면 좋겠다고 생각했다. 내가 그랬던 것처럼. 그래서 무작정 언니들을 찾아갔다. 그들이 흔쾌히 전해 준 이야기를 글로 썼다. 나는 어리고 장애가 있는 여성들의 이야기가 듣고 싶어서 내 이야기를 썼었다. 여전히 필요로 움직이는 작가인 나는 장애가 있는 여성들의 이야기가, 더 다양한 공간과 시간을 사는 여성들의 목소리가 아직도 너무 듣고 싶어서 다시 글을 썼다.

이 책에는 휠체어 위의 언니들 여섯 명의 이야기가 담겨 있다. 좋아하는 게 너무 많고 어떤 곳이든 힘차게 바퀴를 굴려 향하는 10대 지민, 동그란 바퀴로 할 수 있는 일 가운데 꽂히는 건 뭐든 하고 마는 '운동가'이자 '운동선수' 20대 성희, 노는 게 가장 좋지만 장애여성을 위해 늘 애쓰느라 24시간이 부족한 30대 서윤, '사업가, 몽상가, 엄마, 유튜버' 등 다양한 이름으로 사는 40대 다온, 휠체어를 타고 전국을 돌아다니며 반짝이는 풍광과 사람들을 기록하는 50대 윤선, 20대 때 미국으로 향했고 지구촌에 있는 장애인 모두를 위해 일하기를 여전히 꿈꾸는 60대 효선을 만날 수 있다.

처음 만났거나 아주 오랜만에 본 사람이 불쑥 들이댄 마이크 앞에서 선뜻 자신의 이야기를 나누어 준 '언니들'에게 감사를 전한다. 언니들이 시도해 준 말하기 덕분에 나는 계속 앞으로 나아갈 수 있었다. 이 인터뷰 중 지민, 성희, 서윤, 다온의 이야기는 '언니들 이야기가 궁금해서'라는 이름의 메일링 구독 서비스로 먼저 배포되었음을 밝힌다. 일찍이 언니들 이야기에 관심을 기울여 주고, 그들의 이야기를 읽기로 결정한 276명의 구독자에게도 감사 인사를 전한다.

'인터뷰'라는 이름의 만남이었지만, 나는 나와 공명하는 언니들 모습에 반가운 마중을 하는 것처럼 말을 꺼내곤 했다. 객관성을 유지해야 하는 인터뷰어의 역할을 잊고 사르륵 마음이 녹아 한없이 고개를 끄덕이기도 했다. 그래서 종종 이 인터뷰는 묻고 답하는 이의 경계 없이 서로의 영역을 침범하며 넘나든다.

휠체어 위의 언니들을 소개할 때 으레 포함하는 장애의 유형이나, 장애가 생기게 된 이유 등은 글에 부연하지 않았다. 우리를 관통하는 특성인 '장애'가 명시적으로 드러나지 않더라도 우리 속에서 어떻게 새롭게 이해되는지 말하고 싶었다. 그 새로운 이해 속에서 이 글이 누군가에게는 미지의 세상을 탐험하는 경험을, 누군가에게는 자신을 더 깊이 이해하는 시간을 선물하길 바란다.

2024년 4월
김지우

차례

"장애인 ──

잘사는 ──

─ 잘 살면 ─

유지민

2006년생. 고등학교 2학년이 된 열여덟 살. 휠체어를 타고 칼럼을 쓴다.
음악을 좋아하고 취미는 콘서트 관람이다.
세상이 더 올바른 방향으로 나아갈 수 있게 일하는 어른이 되고 싶다.

중에서도
사람만
안 되잖아."

세상 속 나를 성찰하는 사람, 지민

장애여성청소년,
일곱 글자에 담긴 가능성

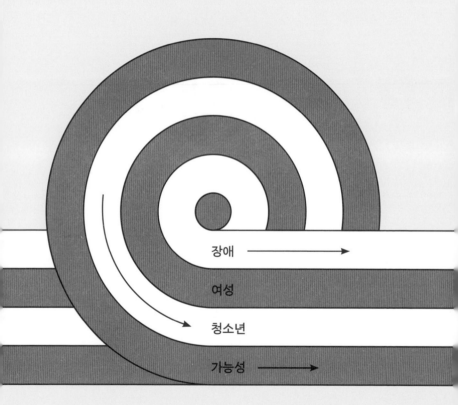

타인을 보며 발견하는 나

타인의 모습에서 나를 발견하는 순간을 사람들은 얼마나 자주 마주할까. 싫은 나의 모습을 맞닥뜨리고 상대를 배로 미워하게 되는 경우는 있어도, 닮은 나를 보며 반가워하는 경험은 드물지 않나. 그런데 지민을 볼 때면 자꾸만 반가운 나, 안쓰러웠던 나, 안아 주고 싶은 나, 자랑스러운 나를 본다. 그가 나와 닮은 몸을 가지고 있다는 점, 그 몸으로부터 촉발된 말들로 우글우글한 삶을 살아 내고 있다는 점에서 특히 그렇다.

지민을 소개하려고 여러 수식어를 붙이다가 죄다 관뒀다. 그러니까 흔히 그를 부르는 말들 혹은 그가 인터뷰에서 본인에 대해 소개해야'만' 하는 내용들 말이다. 열여덟 살이고, 학교 밖 청소년이며, 소아암 후유증으로 하반신 마비가 있다는 이야기 등. 나는 그런 것에는 별로 관심이 없다.

그를 생각할 때 가장 먼저 떠오르는 건 작은 휠체어를 타고 여기저기 휙휙 쏘다니는 움직임, 대화 도중에도 섬세하게 잘못된 표현을 고쳐 주는 목소리, 늘 화려하게 꾸미는 손톱이다. 그는 한국에서 휠체어를 타며 살아가는 청소년의 삶에 대해 중앙 일간지에 칼럼을 쓴다. 때때로 환경에 목소리를 높이고, 학교 밖 청소년 이야기를 전하며, 비건 지향의 삶을 소개하기도 한다.

그의 어머니 역시 장애를 무의미하게 한다는 뜻인 협동조합 '무의'를 만들어 장애 접근성 증진을 위한 여러 프로젝트를 진행한다. 사업의 시작에는 늘 지민이 있었다. 그래서 지민은 무의에서 활동하기도 하고, 종종 어머니와 인터뷰에 함께하기도 한다. 그는 자신이 '활동가'라고 말한다.

내가 지민에게 묻고 싶은 것은 어쩌다 활동을 시작하게 됐는지 혹은 어떻게 장애를 가지게 됐는지 따위가 아니다. 어쩌면 그렇게 휠체어를 자유자재로 움직일 수 있는지, 왜 항상 최고 속도로 달리는지, 다이어트는 왜 그렇게 하는지, 앞으로 인생에서 궁금한 일들은 무엇인지다.

또 외롭진 않은지, 지치진 않았는지, 소진되지 않는 법은 무엇인지, '나'를 돌보는 방법은 무엇인지가 궁금하다. 화내고, 투쟁하고, 외치는 활동가라는 정체성이 지겹지는 않은지도 물어보고 싶다. 사실 많은 질문은 나를 향하는 것이기도 했다. 나를 닮은 지민을 바라보며 차마 나에게 던지지 못했던 질문에 대한 답을 구하고 싶었다. 그래서 지민을 마주하기로 했다.

지민을 만나러 혜화동의 한 카페로 향했다. 나의 본가와도 가까운 곳이다. 지민은 한창 고등학교 진학으로 고민하다가 우리 집 근처로 이사했다. 이후 그는 자퇴를 결심하고 대학로에 있는 대안 학교인 거꾸로 캠퍼스에 입학했다. 지금은 그 학교를 그만두고 일반 고등학교 진학을 준비하고 있어서 다시 먼 곳으로 이사를 간다고 한다.

'가까이 있을 때 더 많이 놀걸, 그런데 다섯 살이나 많은 언니랑 노는 게 재밌으려나, 내 동생도 나랑 안 놀아 주는데.' 뭐 그런 생각들을 하며 지민의 집 근처 카페에 도착했다. 지민이 "우리 집 바로 앞에 휠체어 프렌들리한 카페 있는데 어때!"라는 카톡으로 소개한 곳이다. 처음 가는 곳이지만 불안하지 않은 마음으로 카페로 향했다. 지민에게 검증된 장소라니, 그만큼 편한 곳은 없을 것이다.

카페에 도착하고 5분쯤 지났을 때 지민이 카페 문을 왈칵 열고 들어왔다. 허리를 잔뜩 굽히고 낑낑대며 문을 여는 나와 다르게 움직임이 힘차고 자신감 있어 보였다. 주문해 둔 커피를 내밀며 인사를 건넸다. 다이어트를 한다고 들었는데, 뼈대가 드러난 그의 어깨가 보였다. 나는 지민의 당당한 어깨가 옛날부터 굉장히 부러웠다. 하지만 지민은 외려 살집이 없는 내 몸이 부럽다고 한 적이 있었다.

갈색 긴 머리의 지민이 고개를 돌려
카메라 렌즈를 응시하고 있다.
흰색 블라우스를 입고 있고,
파란색 체크무늬 스포크가드가 달린
작은 휠체어를 타고 있다.

꽤 오랜만에 마주한 둘이지만, 다년간의 인터뷰와 프로젝트 미팅 경험으로 다진 대외적인 능청 조금 그리고 언제 만나도 반가운 마음이 잔뜩 솟아나 대화를 이끌었다. 녹음기를 켜서 우리 사이에 놓으니 웃음이 났다. 오래된 사이와의 인터뷰는 어색하다. 이미 아는 정보를 모른 체 다시 묻고, 메모를 하며 평소보다 정중한 태도로 상대를 바라보는 일은 묻는 이와 답하는 이를 조금씩 머쓱하게 한다. 하지만 일주일에 한 번씩은 인터뷰를 하는 지민은 마치 새로운 기자를 만난 것처럼 자연스레 말을 잇기 시작했다.

대화를 시작하고 얼마 되지 않아 익숙하지만 낯선 조합의 단어가 지민의 입에서 들려 왔다. "내가 장애여성청소년이니까……." 장애여성청소년. 세 정체성이 끈끈히 얽혀 있는 것 같은 이름이었다. '장애/여성/청소년'이 아니라 '장애-여성-청소년'으로 봐야 할 것 같은. 왜 지민은 이렇게 주렁주렁한 이름으로 자신을 부를까 궁금해졌다.

주렁주렁 연결된 정체성들

지민 초등학교 때 강의를 들었어. 다 같이 강당에 모였는데,

사회적 약자 뭐 어쩌고 그런 주제였거든. 강사는 비장애인이었어. 그 사람이 피라미드 같은 걸 보여 주면서 맨 위에 남성/성인/비장애인이 있고, 밑에 누가 있고, 그 밑에 또 누가 있고…… 이렇게 설명했어. 그러면서 "여성이 남성보다 불리하고, 장애인이 비장애인보다 불리하고, 청소년이 성인보다 불리하다." 이렇게 말하는 거야. 지금 생각해 보면 당연한 말이지만, 나는 그때 초등학생이었으니까 되게 충격을 받았어.

'아니 그럼 나는 아직 어린이이고, 여성이고, 장애인인데 그럼 무슨 뭐 자꾸 먹고 먹히는 생태계의 최하위, 이런 느낌인가?' 하는 생각이 들었어. 그렇게 사회에서 '약자'라고 말하는 것들을 깡그리 뭉쳐서 나를 정의하고 싶었어. 나는 소극적이거나 "나는 약해."라고 말하는 사람이 아니잖아. 전형적인 이미지에서 탈피하고 싶은 마음이 있어. 세 가지 정체성이 묶여 있을 때 그에 대한 정의가 조금 더 긍정적이고, 강해 보이게. 이 세 가지를 엮는 사람이 주변에 많이 없잖아.

초등학교, 중학교는 혁신 학교였어. 그리고 우리 학교는 2010년대에 개교했으니까 시설도 잘돼 있고 특수반도 잘 갖춰져 있었어. 그런데 다 이런 학교에 다녔던 건 아니잖아. 예를 들어서 내가 아는 휠체어 타는 친구는 학교에 엘리베이터가 없어서 6년 동안 아버지가 업고 등교를 했대. 교장 선생님이 "너를 책임질 수 없다."라고 해서 아버지가 퇴사하고 개를 데리고 다녔다는 거야.

나도 불공정하다고 느낀 상황이 많이 있었는데, 밖을 둘러보니까 나보다 더 안 좋은 상황에 있는 친구들, 더 힘든 처지의 장애인들이 너무 많았어. 나도 차별을 느꼈는데 그 친구들은 얼마나 부당함을 느꼈겠어.

사실 좋은 환경에 있었으니까 이렇게 활동할 수 있는 것도 맞지 않나 싶어. 정말 열악한 상황에 있었다면 내 권리를 보장해 달라고 말할 심리적이거나 경제적인 여유가 있었을까 싶은 거야. 더 나은 걸 바랄 수 없고, 최소한의 권리도 보장되지 않는 상황에 있는 사람들은 같은 장애인이어도 활동하기 어려울 수도 있을 것 같아.

그러니까 자꾸 경계하게 돼. 내가 그 사람들을 시혜적으로 바라보는 게 아닐까 하는 마음도 들고. 또 그 사람들이 자신과 나를 비교하면 어쩌나 싶기도 하고. 그런 게 좀 마음에 걸려. 그런데 그걸 내가 어떻게 바꿀 수는 없는 거잖아. 나의 위치에서 할 수 있는 걸 하는 거고, 하고 싶은 걸 하는 거고.

항상 고민은 해. '어떻게 하면 이 간극을 좁혀 가고, 모든 장애인이 더 편하고 나은 세상에서 살 수 있을까?' 하는 생각. 사실 그게 궁극적인 목표잖아. 장애인 중에서도 잘사는 사람만 잘 살면 안 되는 거잖아.

교차하는 정체성으로 존재하고 이를 인지하는 이들은 자신의 위치를 면밀히 살피고 다분히 성찰하는 습성이 있다. 사람들이 대충 훑어볼 때는 그 자리가 먹고 먹히는 먹이사슬의 가장 하위일지라도 말이다. 지민은 몸속에서 우글대는 정체성을 기민하게 관찰하고, 제 위치에서 해야 할 일을 생각하고, 과감히 행동하는 사람이었다. 장애-여성-청소년이라는 이름으로 스스로를 부르면서. 하지만 하이픈(-)이 과하게 많은 이름은 여러 곳에서 종종 불화했다. '여성', '장애인', '청소년'만으로 뭉뚱그릴 수 없는 이야기가 지민의 몸에 가득했다.

종종 한 이름으로 묶이는 삶 속에서, 지민은 잠시 다녔던 대안 학교에서 급식을 먹던 경험에 대해 말했다. 그 학교는 급식실로 가는 길이 계단으로 되어 있어서 지민은 밥을 어떻게 먹어야 할지 굉장히 고민했다고 한다. 그래서 학교와의 논의 끝에 근처에 있는 장애인 야학인 노들야학의 식당에서 전교생이 급식을 하기로 했다는 것이다. 여기까지 들었을 때는 학교의 빠른 결단과 수용력이 대단하다고만 생각했다. 그런데 지민은 이런 이야기를 해 왔다.

장애인 시설의 급식대가 너무 높았어

지민 들다방에서 급식을 했는데, 발달장애인 분들이 운영하시는 데니까 당연히 시설이 좋을 줄 알았어. 그런데 급식대가 너무 높더라고, 나한테. 오히려 일반 학교 다닐 때 급식대가 훨씬 더 편했어. 특히 초등학교 다닐 때는 1학년부터 6학년까지 다 같이 밥을 받으니까 1학년 눈높이에 맞춰져 있어서 충분히 휠체어랑 눈높이가 맞거든.

그런데 들다방은 큰 전동 휠체어 기준으로 시설이 맞춰져 있다 보니까, 작고 낮은 수동 휠체어를 탄 나는 밥을 제대로 받을 수가 없었어. '소수자성에 대해 열려 있는 곳에서도 내가 불편함을 느낄 수 있구나.' 하고 생각했지.

예를 들어서 비건 식당인데 노키즈존이야, 그런 거 너무 많잖아. 페미니즘 관련 독립 서적을 파는데 휠체어가 못 들어가. 이런 이중성이 너무 많으니까…… 나도 동참하고 싶은데 못 하게 되는 경우가 있을 수 있잖아. 하나하나 따지려면 완벽할 수 없다지만, 그런 상황을 마주할 때마다 아쉬움이 생겨. 화를 내고 싶지는 않은데, '이런 걸 한번 고려해 줬으면 어땠을까.' 하고.

장애여성청소년인 지민의 이야기를 듣다 보면, 내 역할은 듣는 이임에도 불구하고 자꾸만 말을 하고 싶어졌다. "맞아, 나도 그런 때가 있었어." 하며 맞장구치고 싶었다. "나는 어땠냐면," 하고 내 이야기를 하고 싶었다. 지민 역시 자꾸만 되묻곤 했다. "언니는 어땠어? 언니도 그랬어?" 질의응답은 곧 대담이 되었다.

지민 예전에 지하철에서, 어떤 뇌성마비 남자 장애인이 나한테 와서 내 사진을 찍어도 되냐는 거야. "왜요?" 이랬더니 예뻐서 찍고 싶대. 그래서 "아니요. 싫어요." 몇 번을 거절하니까 그제서야 가더라고. 나는 해코지를 당할 수도 있다고 생각했어. 같은 장애인인데도 그때 나한테는 정말 위협적이었거든, 그 사람이. 그래서 되게 복잡한 감정을 느꼈어. '내가 이 사람을 거절하면 장애를 차별하는 건가? 악의적인 의도가 있어서 그런 게 아닐 수도 있는데 여기서 거부를 해도 되는 건가?' 이런 생각이 드는 거야.

지우 언니는 밖을 돌아다니기 시작한 게 너보다 훨씬 늦었으니까, 스무 살 넘어서야 혼자 지하철도 타 보고 했는데. 그때부터 위협적인 거야, 세상이. (맞아) 밤늦게 집에 갈 때 내가 너무 취약한 거지. 솔직히 휠체어도 남이 힘 줘서 밀면 밀리는 거고, 장애가 있는 게 사람들 눈에 빤히 보이니까. 하루는 늦은 밤에 길거리에서 술 취한 남자가 도와주겠다면서 가만히 있는 내 휠체어를 민 적이 있었어. 너무 놀랐는데 괜찮다고, 고맙다고 했어. '나쁜 의도가 아니었을 수도 있을 거야.' 하고 애써 생각하면서.

시간이 흐를수록 우리의 말은 서로 잇고 이어지고 있었다. 이제는 가장 궁금하고 내게 필요한 질문을 할 때였다. 나는 그의 힘이 어디서 나오는지 궁금했다. 늘 말하고 쓰는 게 지치진 않는지 묻고 싶었다.

그와 비슷한 이야기를 해 왔고 비슷한 나이대부터 활동을 시작한 나는 사실 많이 지쳐 있었다. 항상 같은 소리를 하는 나 자신에게도, 그 소리를 듣고 대단한 걸 들은 것처럼 행동하는 사람들의 반응에도. 많은 것에 자신이 없어지기 시작했다. '장애'를 빼고는 입을 열 수 없을 것 같다는 생각도 들었다. 지민은 어떻게 하고 있을까, 왜 계속 행동하게 되는 걸까 궁금했다. 지민에게 소진되지 않느냐고 물었다.

가끔은 쓸데없는 소리를 해 줘야 해

지민 그럴 때가 너무 많지. 내가 이렇게 글을 쓰고 인터뷰하는 게 장애가 없었다면 오지 않았을 기회일까 봐. 사실 우리 아이덴티티가 좀 특별하긴 하잖아? '나 자신이 너무 부풀려진 게 아닐까.' 하는 생각이 들 때도 있어. 만약에 지금 당장 휠체어에서 일어나서 걷게 된다면 더 이상 이런 걸 할 수 없을 것 같은 거야. 나는 어딜 가든 그냥 휠체어 탄 애. 딱 그 안에서만 뭘 할 수 있을 것 같은 감정이 계속 있어.

그런데 별로 내키지 않는데 오로지 내 정체성 때문에 이런 일을 하는 거면 몰라도, 이렇게 인터뷰하고 글 쓰고 말하는 걸 좋아하니까 하는 것 같아. 나도 맨날 데모하고 항의하고, 이게 문제다 저게 문제다 그만하고 싶은데 그거 아니면 할 말이 없어. 할 말이 아직 많아.

그래도 사람이 쓰잘데기없는 소리를 한번씩 해 줘야 해. 장애인이라고 장애 얘기만 할 필요도 없고 여성이라고 여성 권리에 대해서만 말해야 하는 것도 아니고, 사실 그렇잖아. 그래서 이런 거랑 관련되지 않은 주제를 이야기하면서 시간을 보내.

내가 (장애인권) 활동하기 싫어도 계속해야 바뀌니까. 이게 평생 나한테 주어진 과제라고 생각하게 되는 면이 있어. 그러니까 계속하고 싶은데 지칠 때는 상관없는 이야기를 하면서 시간을 보내고 환기를 하는 거야.

예를 들어서 오랫동안 좋아해 온 아이돌 얘기. 요즘은 누가 인기가 많고 누가 좋고 이런 거. 아니면 나는 요즘 동물의 숲 하거든. 사실 게임에서는 장애 그런 게 없잖아. 공부하다가 지칠 때, 글 쓰다가 지칠 때 온라인 세상에서 기분 전환하면 너무 좋아. 기분 좋더라고. 내가 좋아하면서 장애와 연관이 없는 걸로, 그런 주제에 대해서 얘기하거나 글을 쓰거나 아니면 인터넷에 검색을 한다든가 책을 읽는다든가. 그런 시간을 가지면 한 번씩 환기가 되는 것 같아.

정신 차리니까 이러고 있던데요?

지민 "모르겠어요. 그냥 정신 차리니까 이러고 있던데요." 활동의 계기를 묻는 질문에 이렇게 대답을 한단 말이야. 장애인 중에서도 여유가 없어서 활동을 못 하는 사람도 있지만 이거 내가 굳이 말해야 하나, 그냥 있는 대로 살자 싶은 사람도 분명히 있을 거야.

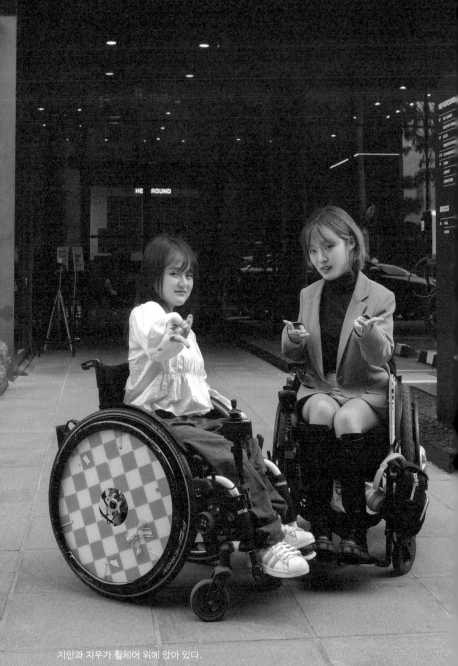

지민과 지우가 휠체어 위에 앉아 있다.
손바닥을 보이며 아래를 향해 브이를 그리는 '갸루피스' 포즈를 하고 있다.

그런데 우리가 활동하고, 언니가 이런 인터뷰를 하는 건 사실 딱히 이유를 찾으려고 하지 않아도 그냥 하다 보니까 하게 되잖아. 매일매일 지속되는 루틴처럼 잡힌 일들도 있을 거고. 그리고 난 다른 사람들을 알게 되고 사람들과 이어지는 게 좋아. 끈끈해지는 게 좋고. 이런 시너지로 계속할 수 있지 않을까 싶기도 해.

'말하는 힘의 관성'에 대해 생각했다. 한번 세상을 바꾸기로 결심하고 말하기를 시도한 사람들은 계속 말하게 된다. 이전으로 되돌아갈 수 없다는 것을 자연히 안다. 부당한 일을 목격해 왔고, 차별과 혐오를 발견하는 시선이 생겼으며, 아주 조금씩이지만 세상이 바뀌는 경험을 했기 때문이다. 내가 하는 일이 그저 관성이라고 생각하니 어깨가 조금 가벼워지는 것 같았다. 가볍게 더 멀리 미끄러질 수 있도록, 다른 건 제쳐 두고 다음엔 지민과 동숲 통신을 하기로 약속했다.

언니랑 나,
바퀴 위의 자매끼리 아는 감각

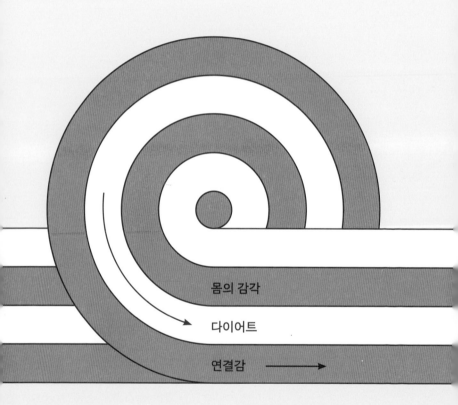

몸의 감각

다이어트

연결감

말과 말 사이에 넘쳐흐르는 '맞아'

　　우리의 '인터뷰'는 준비한 질문이 모두 끝나고도 계속됐다. 말과 말이 꼬리를 물고 이어지는 상황에 이걸 인터뷰라고 부를 수 있을지 민망할 지경이었지만 어쨌든 우리는 계속 말했다. 지민은 내게 휠체어를 타고 보낸 고3 생활은 어땠는지, 입시를 위해 무엇을 준비해야 할지, 일반고는 어떤 느낌인지, 여행은 어떻게 떠나는지 물었다. 연애와 결혼이 궁금하다고도 했다.

　　5년 전 나 역시 휠체어를 타는 언니가 있었다면 와르르 쏟아 냈을 질문들이었다. 나는 거의 도움 안 되는 입시 조언과 "나도 궁금하다."라는 맞장구를 내놓았다. 그것만으로도 충분할 것 같았다. 만남이 끝나고 집에 돌아오니 카톡이 와 있었다.

　　지우님 오늘 지민이 만난 것 같던데
　　지우님 만나기 전에, 먹는 것 같고 또 한바탕 싸웠는데 ㅠㅠ
　　지우님 만나고 온 다음엔 뭔가 기분이 좋은 거 같더라고요…….

지민의 어머니에게서 온 카톡이었다. 얼마 전 지민이 대안 학교를 그만두고 무소속 청소년이 되었을 때 많이 외로워한다는 이야기를 들은 참이었다. 사춘기에 접어들면서 다이어트를 시작한 지민의 몸 상태가 걱정된다는 이야기도 들었었다. 나는 지민에게 내게 필요했던 '언니'가 될 수 있을까. 가능하다면 그러고 싶었다.

이후 지민과의 대화록을 정리했다. 눈에 띄게 자주 등장한 단어는 '맞아'였다. 'Ctrl'과 'F' 키를 눌러 '맞아'를 검색했다. 녹음기에 잘 잡히지 않았거나 맥락을 해치는 것을 제외하더라도, 기록에는 85개의 '맞아'가 있었다. 어떤 '맞아'는 상대의 말 중간에 튀어나왔고, 또 다른 '맞아'는 말이 끝나기가 무섭게 두세 번 반복됐다. 또 어떤 '맞아'는 말을 시작할 때 여는 문처럼 등장하곤 했다.

생각해 보면 나는 누군가의 말을 의심하고 그에 토를 다는 데만 재능이 있지, 덥석 무언가에 맞장구쳐 본 적이 많이 없었다. 지민과의 대화에서는 왜일까, 마중하듯 목구멍에서 왈칵왈칵 '맞아'라는 단어가 넘쳤다.

첫 번째 글에서는 나의 말을 거의 다 지웠지만, 이 글에서는 우리 둘의 티키타카가 듣기 좋아 나의 말도 그대로 두었다. 더불어 '맞아'라는 소리도 좋아 그대로 남겨 놓았다. 서로의 말

사이에 들어간 괄호 안 (맞아)는 상대의 추임새다.

바람은 차갑고 횡단보도는 도톰해

지민 되게 사소한 건데, 휠체어 타면 남들보다 아래에 있잖아. 앉아 있으니까 높이 있는 걸 못 짚고, 시야가 낮고 이런 거는 누구나 상상할 수 있을 거야. '불편함을 느끼겠구나.' 하고. 그런데 나도 최근에 느낀 건데, (키가) 낮잖아. 바람이 불면, 차가운 바람은 밑으로 지나가잖아. 추워.

지우 아.

지민 남들보다 추위를 더 많이 타고, 바람이 불면 쉽게 몸이 차가워지고. 물론 다리를 안 움직여서 그런 것도 있겠지만, 바람 부는 날씨에 찬바람에 더 많이 노출되는 거야. 그래서 비장애인 친구는 "야, 오늘 날씨 괜찮다." 이러는데 나는 춥고. 그냥 내가 추위를 잘 타는 줄 알았는데 이거 때문에 그렇겠다는 걸 최근에 생각했거든.

지우 나도 몰랐어.

지민 그치? 평소에 못 느끼고 있었는데 문득 그런 생각이 들었어. 정말 사소한 거에서도 다르겠구나.

지우 진짜 신기하다. 이런 거 너무 좋아. 사소한 거, 휠체어 안 타면 절대 모르는 거.

지민 길이 기울어져 있다든가, 뭐 그런 것들.

지우 길이 기울어져 있는 거랑, 횡단보도가 울퉁불퉁한 거.

지민 맞아. 울퉁불퉁하고 기울어져 있는 거. 우리 입장에서는 휠체어 타고 다니면 이런 게 너무 잘 느껴지는데 비장애인들은 모른다니까 신기한 거지. 난 "모르겠어?" 이러는데.

지우 이걸 몰라? (웃음) 페인트가 도톰해!

지민 무슨 감정사냐고, 길 감정. "여긴 좀 괜찮네, 여긴 좀 힘드네." 똑같아 보여도 휠체어를 타면 다 다르게 느껴지니까.

이런 부분을 예민하게 감각할 수밖에 없고, 사회 구조 때문이 아니어도 아주 사소한 면에서 어쩔 수 없이 생기는 불편함이 있는 거지. 바람은 뭐 바꿀 수 없는 거잖아.

지우 대류를 하지 말라고 할 수도 없고. (웃음)

비슷한 몸들이 겪는 감각을 수면 위로 끄집어낼 때면 다른 어떤 이야기를 나눌 때보다 성큼 가까워지는 기분이 든다. 월경을 시작하고 얼마 지나지 않아 월경 기간 중 어떤 방식으로 고통이 찾아오는지 친구들과 이야기 나눌 때 처음 그런 기분을 느꼈다. 등굣길에 장애인콜택시를 타면 가장 빠르지만 불편해서 잘 이용하지 않는다는 이야기를 내 유튜브 채널에서 꺼낸 적이 있다. "허리가 울려서 장콜을 오래 타기 힘드신 건가요? 저만 그런 줄 알았어요."라는 댓글을 보고는 그 기분이 더욱 강렬해졌다.

분명히 존재하지만 사소하다고 취급되거나, 어디서도 들어 보기 힘든 감각들이기 때문일 것이다. 내 몸을 관통하고 있는 느낌인데도 말이다. 그 감각을 언어의 영역으로 건져 올릴 때는, 묘한 해방감마저 든다. 모르는 사람이 많을 테지만 우리는 분명 '공명하는' 감각들을 안다고 말하고 싶어진다.

지민과 지우가 손을 뻗으면 닿을 듯 가깝게 앉아 있다.
두 사람의 휠체어 바퀴가 클로즈업되어 있다.

"이렇게 장애여성, 언니들이랑
만나는 기회가 필요해.
비장애인들하고는
아예 못 하는 얘기들이니까."

찬 바람을 가장 먼저 맞고, 횡단보도에도 들썩들썩 움직이는 몸들이 또 어떤 감각을 느끼며 살아갈지 궁금해졌다. 몸들이 느끼는 감각만 모두 늘어놓아도 '세상이 터져 버릴 것만' 같았다.

몸을 어떻게 느끼고 있어?

우리의 몸은 그저 '장애가 있는 몸'만으로 소환되곤 하지만 다양한 욕망과 혐오가 들어찬 몸이기도 하다. 욕망하는 몸, 욕망의 상대가 되고 싶어 하는 몸, 변형된 몸, 축소된 몸, 비틀린 몸, 변화하는 몸들에 대해 우리는 잘 안다. 지민에게 "네 몸을 어떻게 느끼고 있어?"라고 물었다. 지민은 다이어트 이야기를 꺼냈다. 지민의 어머니가 최근 종종 걱정을 표하는 문제기도 했다. 나도 지민이 걱정되는 참이었지만, 오지랖을 부리기보다는 그의 말로 지금 상황을 들어 보고 싶었다.

지민 일단 요즘 다이어트를 했잖아. 그러면서 내 몸에 대해서 더 많이 생각하게 된 것 같아. 우리가 비장애인들보다 활동량이 현저하게 떨어지잖아. 자연히 조금만 먹어도 살이 찌고. 이런 부분에 너무 스트레스를 받았어. 마르려면 덜 먹어야 돼. 그러면 몸에 이상이 생기고. 그러고 싶지 않지만 몸을 혐오하기도 했어. 내 몸을 잘 돌봐 줘야 하는데 그게 잘 안 되니까…….

몸에 대한 감각이 예전에는 주로 장애와 관련되어 있었다면 이제 여성으로서 느끼는 지점도 있는 것 같아. 다이어트를 처음 시작한 건 비만 때문이었는데, 지금은 저체중이야. 당연히 적당하게 유지하고 싶은데 그게 잘 안 되는 거야. 그러니까 완전 삐쩍 말랐거나 아니면 완전 뚱뚱하거나. 내가 봐 온 언니는 막 뚱뚱했던 적이 없는 것 같거든. 언니는 나랑 또 다른 몸을 가지고 있으니까 그렇겠지만, 혹시 이런 고민해 본 적 있어?

지우 뇌성마비는 기본적으로 몸에 긴장이 높잖아. 그리고 움직일 때도 힘을 좀 많이 줘야 하다 보니까 살이 덜 찌는 것 같긴 해. 어디선가 들었는데 인상 깊었던 말이 나처럼 걸으면 누구든 살 빠진다고 하더라고. 온몸을 써서 걸으니까. 이게 관절에 무리가 많이 가는 건데……. 근육의 긴장도가 높으니까 살이 안 찌는 거야. 그런데 나는 여기서 더 찌면 안 된다는 생각이 있었어. 몸이 무거워지면 보행을 못 할 수도 있다는

039

얘기를 많이 들었고, 지금도 무게 때문에 관절이 아픈데 더 아플 수도 있다고 하더라고. 나도 요즘에 네가 왜 다이어트를 하게 됐을까, 지금은 어떤 상태일까 되게 궁금했거든.

지민 병원에 가니까 이 상태면 이제 건강에 위협이 된다, 그러니까 살을 찌울 필요가 있다고 하더라고. 나도 그렇게 생각하긴 하는데…… 근데 또 찌는 건 두렵고.

언니가 말했던 것처럼 보호자나 다른 비장애인들이 나를 안고 옮길 때가 많잖아. 사실 가볍고 작은 게 편할 것 같은 거야. 엄마나 할머니나 아빠나 나이가 들고 기력이 점점 약해지니까. 내가 가벼워지니까 편하대. 그러니까 더 찌기 싫은 거지. 내가 생활하기에도 가벼운 몸이 더 좋고.

지하철역 같은 데 가면 노인분들이 얘기하잖아. "이 휠체어는 작아서 좋네." (맞아) 실제로 작은 휠체어가 다니기도 편하고, 상대적으로 제약도 적잖아. 그래서 고민했던 것 같아. 더 많이 먹으면 한번에 갑자기 살이 찔까 봐 두렵기도 하고.

지우 나는 상체에 근육이 많이 없잖아. 복근도 없단 말이야. 그래서 배가 이렇게 볼록해, 임신한 것처럼. 이게 되게 콤플렉스였고 지금도 그래. 앉아 있는 시간이 기니까 뱃살이 생길 수밖에 없다는 걸 알면서도 남한테 보이기 싫은 거야. 근육이나 뼈대도 오그라들어 있으니까 '예쁜 몸매'라는 게 사실상 불가능하다고 느낄 때가 있는 거지. 어깨 딱 벌어지고 골반도 벌어져서 곡선이 선명한 몸매가 예쁘다고들 하잖아. 그런 게 안 되는 몸인데, 몸을 드러낸 채로 내가 당당할 수 있을지 모르겠는 거야.

지민 세상에 너무 마른 여자들이 많아. 나는 살을 빼니까 척추측만증이 더 잘 보여서 오히려 예뻐 보이지 않는 몸이 된 거야. 내가 선망하는 몸은 당장 가지기 힘들고, 다이어트로 되는 게 아니겠구나 싶었어. 이제는 어느 정도 받아들였어. 지금은 어떤 몸이든 그냥 여기 있는 거라고 생각해.

지우 각자 느끼는 다양한 지점들이 있는 것 같아. 장애여성으로서 보여 주는 것에 대해서 신경을 쓰게 되는 면이 있잖아. 어떤 여성이 그 기준에서 자유롭겠냐마는, 마르고 예쁘고 꾸미는 장애여성을 훨씬 더 높게 평가하니까. (맞아) 이런 시선에 대한 부담도 있을 것 같아.

지민 이게 좋다고 할 수는 없는데, 내가 꾸미고 나갔을 때 사람들이 호의적으로 대한다고 느껴지는 게 있어.

지우 아주 사소한 것에도 의미를 부여하게 될 때가 있어. 어떤 자리에서 내가 좀 웅크리고 있고 표정이 어두우면, 장애라는 속성이 더해지니까 '불쌍하게 보이려나?' 하는 생각이 드는 거지. 염색도 하고 화장도 하고 이러면 또 당차 보이잖아. 몸무게도 그렇지만 모든 게 극과 극인 거지. 불쌍하거나 당당하거나. (맞아)

지민 우리는 앉아 있으니까 사람들이 나이를 잘 가늠하지 못할 때도 있잖아. 내가 말투도 약간 어른스럽고 키가 작은지 큰지 구분도 할 수 없고 그러니까. 휠체어 타는데 좀 약해 보이면 사람들이 나한테 홀대할 것 같고, 막 대하진 않을까 염려하게 될 때도 있어. 근데 화장하고 뭐랄까 세게 하고 나가면 그런 게 덜하다고 느끼니까.

지우 뭔지 알아, 나도 더 밝아 보이려고 하고 짜증 안 내려고 하고. (맞아) 짜증스러운 나를 본 사람들이 '장애인은 다 예민하더라.' 이렇게 생각할까 봐 신경 쓰게 되는 거지. 그러니까 일상적인 행동 하나하나가 '장애 이미지'에서 벗어나려는 시도 같은 거야. 근데 그렇게 대외적인 나는 사실 진짜 내가 아닐 때도 있잖아. 어려운 것 같아. 또 몸에 대해 생각하고 있는 거 있어?

지민 이제 겨울이니까, 다리를 다치거나 다리가 너무 차가워져도 알아차리지 못할까 봐 무섭기도 해. 상처가 생겨도 모를 수 있다는 게. 지금은 가족들이 발견해 줄 수 있지만, '만약 나중에 혼자 사는데 다리에 크게 상처가 났는데도 모르고 있다가 합병증이 생기면 어떡하지?' 이런 걱정을 자꾸 하게 돼. '동상이라도 입으면 어떡하지?' 내가 그걸 모를 수도 있다는 게 너무 겁이 나. 치료를 해야 하는데. 언니도 이런 생각을 해 봤을지 궁금해.

지우 나는 오히려 다리에 통증이 있어. 지금도 종종 통증이 찾아오는데, 어떻게 관리해야 할지를 모르겠는 거야. 옛날에는 파스를 붙이거나 엄마가 마사지를 해 주기도 했는데. 지금은 기숙사에 있으니까 혼자 아플 때는 감당이 안 되는 거야. 요즘은 진통제를 먹으면서 버텨. 그런데 이 약을 언제까지 먹어야 할지 모르겠고, '내성이 생기면 어떡하지? 이것보다 더 아프게 되면 어떻게 해야 하지?' 하는 고민들이 생겨.

(그렇겠다) 그리고 나도 엄청 차가워, 다리가.

지민 다이어트하면서 지방이 없어지니까 몸이 더 차가워졌어. 수족 냉증도 심해졌고. 발이 차가워지는 것도 심해. 사실 그래서 여름이 좀 좋아.

지우 나도 여름 좋아해. 더운 게 낫지. (맞아, 오히려 그런 걱정 안 해도 되니까) 나는 굳거든, 근육이 다. 근데 그게 진짜 진짜 힘들어.

지민 그리고 휠체어 탈 때 옷차림이 두꺼워지면 (맞아) 진짜 너무 힘들잖아. 가벼우면 가벼울수록 편하니까. (맞아 맞아)

지우 짐도 없는 게 좋고. (맞아)

지민 옷을 많이 껴입기도 힘들고 나가서 화장실 갈 때 너무 힘들고. (맞아 맞아 맞아)

지우 되도록 안 겹쳐 입거든. (맞아) 겨울에도 최대한 (맞아) 그냥 버티는 거지, 추위도. 독기.

지민 독기, 독기.

'굶는 여성'에 대해 이야기할 때 혹자는 '남자에게 사랑받기 위해' 그런 일을 한다고 굶는 이들을 비난한다. 또 일각에서는 '다이어트는 오로지 자기 만족을 위한 것'이라며 반박하기도 한다.

굶는 장애여성의 몸은 그 사이 어딘가에서 자꾸만 논의를 이탈한다. 섹슈얼리티와 유리된 무성적인 존재로 취급받는 경우가 많기 때문이다. 남자에게 사랑받기 위해서라는 비난의 대상에서 제외되기도 하고, 몸이 마르면 다리가 차가워지거나 휜 척추가 드러나 '매력적인 몸'은 커녕 자기 만족에서도 멀어지곤 한다. 성적 주체와 돌봄 수혜자 사이에서 작고 마른 몸은 비장애인과 또 다르게 해석된다.

장애가 있는 여성의 몸은 이처럼 매력 자본으로서의 섹슈얼리티와 주체성을 둘러싸고 미묘한 경계를 넘나든다. 어느 한쪽의 이야기로 정체성 일부를 소거시키는 관점으로는 지민의 다이어트를 이해할 수 없다.

장애여성의 몸 이야기는 왜 아무도 안 하지?

지우 나도 몸을 아주 다양하게 감각하는 편은 아닌데, 생리를 한다거나 할 때 '여성으로서의 내 몸'을 돌아보게 돼. 요즘에 내 몸에 대해서 내가 너무 모른다는 생각을 자주 하곤 해. 장애여성의 몸 이야기를 미디어가 전하거나 SNS 같은 데서 접하는 일도 드물잖아.

   휠체어 타는 사람들이 욕창에 관해 말하는 거는 되게 많이 들었거든. 그런데 요즘에는 의문이 들이. 하루에 십몇 시간을 앉아서 보내는 사람들인데, '질염 같은 여성 건강 문제는 왜 아무도 얘기를 안 하지?' 하는 생각이 드는 거지. 통풍이 안 되면 욕창 말고도 여성이라서 겪는 문제들이 분명 있을 텐데. 특히 여자들은 생식기 쪽의 건강이 안 좋아지기 쉬운 환경인데 산부인과도 잘 못 가잖아. 어때, 어떻게 지나고 있어? 물어봐도 돼?

지민 그러니까 우리는 생식기에 자꾸 손을 대야 하잖아. 소변을 볼 때도 그렇고 대변을 볼 때도 그렇고, 감염이 있지 않을까 하는 걱정도 들고. '이런 걸 어디다 물어봐야 하지?' 하는 생각이 들어. 그래서 이렇게 장애여성, 언니들이랑 만나는 기회가 필요해. 이럴 때밖에 얘기할 수 있는 자리가 없으니까. '만약에 내가 커서 아이를 낳는다면? 임신은 어떻게 하고 출산은 어떻게 하지?' 이런 생각이 들 때도 있어.

지우 나도 장애가 있는 사람으로서 막연하게 결혼이나 출산은 안 할 거라고 생각했었단 말이지. 그런데 장애인이면 애는 안 낳는 게 낫다고 말하는 사람들이 있으니까 그것 때문에라도 낳고 싶은 마음이 들 때도 있어. 한쪽에서는 또 여성이라면 애를 낳아야 한다고들 하니까 도대체 어느 장단에 맞춰야 할지 모르겠지만……. 산부인과 갔을 때 검진 의자에 못 앉았던 일이 있었어. 그때 '내가 만약 임신을 하면 어떻게 하지?' 하는 걱정이 피부로 느껴지더라고. 나도 몰라. 모르겠더라고. 출산을 하신 분들도 많이 계실 텐데 쉽게 만날 수 있는 것도 아니고.

지민 일단 만나기가 쉽지 않으니까. 또 한 번 만나고 마는 사이도 있고. 친해지기가 쉽지 않아. 그래서 언니랑 이야기하니까 너무 즐거워.

지우 재밌지. 나는 그래서 휠체어 탄 사람 만나는 게 좋다니

047

지민과 지우가 테이블을 사이에 두고 마주보고 있다.
손을 움직이며 설명하는 지민의 말을 지우가 경청하고 있다.

까, 특히 여자들 만나는 게.

지민 맞아. 비장애인들하고는 아예 못 하는 얘기들이니까.

우리는 그러고도 한참 '휠체어 탄 여자들'을 만나는 게 얼마나 즐거운 일인지를 신나게 이야기했다. 지민과 둘이 다니기만 해도 갈 수 있는 식당이 반으로 줄어들고, 받는 시선은 두 배가 된다. 그러니 더 많은 이가 함께하는 모임을 기획하려면 큰 결심을 해야 하겠지만, 우리에게는 그런 만남이 절실하니까.

이야기는 자연스레 우리를 처음 뭉치게 한 '왕언니' 서윤의 이야기로 넘어갔다. 서윤은 이후 인터뷰이로 등장할 인물이다. 그는 내게 처음으로 '야한 장애여성 이야기'를 해 준 사람이고, 여러 장애여성에게 조언과 응원을 아끼지 않는 사람이기도 하다.

휠체어 탄 언니들 이야기가 궁금해서

지민 내가 그런 거(소변보는 것)에 대해서 어려움을 겪고 있을 때, 우리 엄마가 페이스북에 글을 올리거나 다른 분들께 이야기해서 조언을 얻곤 했어. "우리 지민이가 카데터[※]를 못 쓰는데 어떻게 해야 할까요?" 이랬더니, 서윤 님이 "크면 다 한다. 나도 못 했는데 했다. 그러니까 지민이도 할 거다."라고 말해 줬어. 지금 난 할 수 있게 됐고. 나도 진짜 처음에는 못 할 줄 알았는데 하다 보니까 되더라고. 세브란스 병원에서 여성 장애인이든 남성 장애인이든 다 사용한다고 했을 때 "저는 못 할 것 같은데요." 했는데, 지금 다 하잖아. 여러 조언들이 있었으니까. 직접적으로 방법을 묻진 않았지만 "나도 했으니까 될 거다."라는 그 말이 나한테 많이 지지가 됐던 것 같아.

지우 이게 제일 중요한 것 같아. 백날 배우고 이론을 듣고 하는 것보다 (맞아) 해 본 사람이 있으면 갑자기 되게 쉬워지잖아. 그게 참 신기해. 서윤 씨가 또 이런 쪽으로 완전 그거지. (엄지 척)

지민 왕언니.

[※] 소변 또는 혈액을 빼내거나 약제를 주입하기 위해 쓰이는 관

지우 왕언니한테 물어봐야지, 나중에.

"나도 했으니 너도 할 수 있어."라는 말이 가져다주는 힘은 대단하다. 한 치 앞도 보이지 않는 미지의 세계를 쉽게 도전할 수 있는 일상의 공간으로 탈바꿈하는 주문 같다. 휠체어 탄 여자들이 건네는 말들은 그래서 소중하다. 지민은 인터뷰 도중 "언니가 내게 각별해."라고 말했다. 실은 그리 자주 만나지 않는 사이임에도, 서윤 언니가 일하는 모습을 보며 내가 사회에 진출한 내 모습을 상상했듯이, 지민이 나를 보며 각별함을 느끼는 정동을 너무나 잘 알 것 같았다.

우리에게는 그리고 나에게는 언니들의 이야기가 더 필요하다. 마음 놓고 "맞아, 맞아!"를 외칠 수 있는, "언니도 그랬어?"라고 물을 수 있는, "나도 했으니 너도 할 수 있어."라는 대답을 들을 수 있는. 다음 언니를 찾아야 했다.

"땀

느끼는

― 속도가 ―

주성희

1995년생. 협동조합 무의에서 근무하면서 장애인스포츠 선수로 활동하고 있다.
땀 흘리는 운동이 재미있고, 장애운동은 더 재미있어서 두 가지 일을 병행한다.
가끔은 벅차기도 하지만 동그란 세상에서 꽂힌 일은 동그란 바퀴로
다 해 봐야 직성이 풀리는 사람이다.

"흘리며 — 에너지와 짜릿해요."

운동하는 사람, 성희

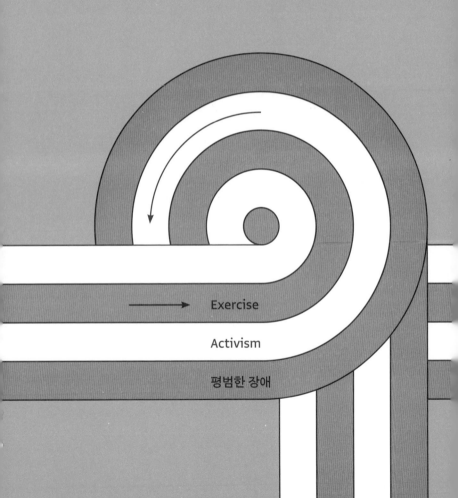

Exercise도
Activism도 합니다

Exercise

Activism

평범한 장애

수십 대의 휠체어로 이루어진 풍경

성희 언니를 처음 본 건 협동조합 무의의 '걸즈 온 휠즈'라는 토크 콘서트에서였다. 행사의 캐치프레이즈는 '멋진 언니들, 그런데 휠체어 타는'이었다. 늘 '휠체어' 혹은 '장애인'이라는 설명이 이름 앞에 붙는 사람들을 다른 방식으로 호명하고 싶었다는 게 이 문장이 만들어진 배경이다.

문장에서 알 수 있듯, 행사장에서는 이제껏 보지 못한 풍경이 펼쳐졌다. 나는 이런 현장을 본 적이 없다. 진행자도 휠체어 탄 여자, 대담자도 휠체어 탄 여자, 참여자도 휠체어 탄 여자였다. 이렇게 많은 휠체어 탄 여자가 한데 모일 수 있다니, 경이로움까지 느껴졌다. 행사가 시작되자 30대가 넘는 관객들의 휠체어가 무대를 향해 한 방향으로 주차되었다. 발표자들의 휠체어는 단상 없는 무대에서 관객들을 향했다. 기계들이 널린 탓에 지나가기 어려운 동선, 종종 쇠 프레임이 부딪히는 소리가 나는 곳이 왜인지 편안했다.

성희 언니는 그중에서도 단연 눈에 띄는 사람이었다. 그는 관객도 대담자도 진행자도 아닌 '엔지니어'였다. 비장애인이 만든 세트 위에 올라가서, 비장애인이 건네주는 마이크를 받고, 비장애인들 앞에서 말하는 행사만을 다닌 나에게는 생경한 풍경이었다. 종종 '도움받는 사람-도움 주는 사람'의 경계가 더욱 명확해지는 행사장이라는 공간에서 성희 언니는 마이크를 무릎에 얹고 쌩쌩 지나다니고, 앰프를 만지고, 슬라이드를 넘기며 매끄럽게 진행을 보조했다.

사실 그 모습 말고, 성희 언니를 오래 기억하는 까닭은 그냥 언니가 너무 잘생겼기 때문이다(이 문장이 구린 걸 인정한다). 성희 언니는 검은색 점퍼에 짧은 머리, 검은 뿔테 안경을 쓴 차림이었는데, 자꾸만 언니에게 시선이 갔다. 언제나 휠체어 탄 언니들에게 사르륵 마음이 넘어가 버리는 나지만 특히 성희 언니에게는 얼른 말을 붙이고 싶었다. 와글와글 정신없는 행사장에서 기어코 말을 건넸을 때, 언니는 짧게 "언제 한번 밥 먹어요."라고 절대 지키지 않을 것 같은 말을 했다. 나는 "꼭이요."라고 덧붙였다.

지민을 잇는 인터뷰이를 고민하다 성희 언니의 짧은 머리칼, 검은 뿔테와 항공 점퍼를 떠올렸다. 장애-여성-청소년을 지나 스무 살을 바라보는 지민이 스물셋을 넘기고 있는 나를 '각별한 언니'로 만들어 주었을 때, 나 역시 내가 모르는 이야기를 가진 언니를 찾게 됐다. 이십 대를 지나 서른을 바라보는 장애여성의 삶은 어떨까, 학교라는 (비교적) 안전한 공간을 떠나 홀로 살아가는 것은 어떤 의미일까.

그렇게 멋진 옷을 입고 앰프를 만지작거리는 사람에게는 분명 멋진 이야기가 있을 것 같았다. 연락처를 알 길이 없어 무턱대고 무의의 홍윤희 이사장님께 메시지를 보냈다. 그랬더니 와르르, 생각하지 못한 이야기들이 나왔다.

> 오오 ㅋㅋㅋ 저희 주성희 님 말씀이죠?
> 성희 님 20대 후반이고 이과래요. 전공은 장애학 했지만.
> 성희 님은 장애우권익문제연구소에서 일했고 지금 무의에 있고
> 운동선수이기도 해요. 스키 선수.
> 노르딕 스키랑 핸드 사이클.[※]

세상에, 언니. 너무 멋지다. 이과, 장애학, 인권 연구, 운동선수, 스키와 사이클이라는 단어가 어렴풋이 남아 있던 언니의 바퀴 굴리는 움직임, 검은 항공 점퍼와 머리칼, 검은 뿔테 안경을 선명하게 만드는 것만 같았다. 연락처를 전달받아 성희 언

※   팔로 페달을 돌리며 추진력을 얻어 전진하는 사이클

니에게 연락했다. 언니는 흔쾌히 인터뷰를 수락했다. 우리는
성수동에 있는 무의 사무실에서 만났다.

성희, 성치, 성취

지우 옷 잘 입는 사람, 운동선수, 장애학 전공자, 인권 서포터
즈……. 제가 알고 있는 정보만 나열해도 이렇게 많은 이름
이 있는데요. 평소 본인을 어떻게 소개하시나요?

성희 저를 정의할 때는 그냥 '운동하는 주성희'라고 생각하
는데요, 그 운동이 장애운동도 있고 스포츠도 있고. 아니면
'성치의 굴렁쇠' 이렇게 이야기하고 있어요. 성치의 굴렁쇠
는 제가 블로그 할 때 사용하는 이름인데 잠깐 여행 블로그
를 운영했거든요. 제 별명이 주성치라서 성치의 굴렁쇠라
고…….

지우 아, '성취'가 아니군요?

성희 '성치'예요.

곧슬기가 있는 짧은 머리에 검은 뿔테 안경을 쓰고
어두운 녹색 니트 조끼를 입은 성희가
고개를 숙이며 쑥스러운 듯 미소 짓고 있다.
맞은편에 앉은 파란 셔츠를 입은 노란 머리가 지우다.

성희 언니의 입에서 성치의 굴렁쇠라는 말이 나왔을 때 나는 단박에 성취의 굴렁쇠로 잘못 알아듣곤 감탄하고 말았다. 하나하나 이루면서 굴러 나가는 삶이라니, 가능하기만 하다면 언니로부터 문장을 사 와 내 좌우명으로 차용하고 싶을 정도였다. 오해라는 것을 알기까지 3초밖에 걸리지 않았지만, 오해여도 그저 좋을 말이라고 멋대로 생각했다.

언니가 여행 블로그를 운영했다는 이야기는 처음 들었다. 언니는 자신이 100% I(내향형)라고 소개하며 민망해했다. 대문자 E(외향형)인 나는 작은 업적과 서툰 직업까지 동네방네 퍼뜨려야만 직성이 풀리는 사람인데, 나와 다른 언니의 흔적을 인터넷에서 찾기는 어려운 일이었다. "여행 블로그 같이 좋은 공간이 있으면 알려 줘야죠!" 괜히 몸을 흔들며 호들갑을 떨었다. 여행 블로그 이야기를 꼭 물어봐야 했다.

또 갈 수 있겠는데?

지우 여행 블로그를 운영하셨다면, 어떤 곳들에 가셨나요?

성희 제가 일본에 혼자 다녀왔거든요. 스물세 살 때 일주일

동안 갔다 왔어요. 이후에 또 짧게 짧게 갔다 오면서 쌓아 놨던 것들, 이동하는 거 위주로 블로그에 올렸어요. 지하철 어떻게 타고, 버스 어떻게 타고, 접근할 때 어땠고, 음식점에서 장애인을 대할 때 어땠고…… 이 정도.

지우 그런 정보들이 정말 필요하잖아요. 어쩌다가 혼자 가게 되신 거예요?

성희 여름방학 때였는데 집에 혼자 있는 게 너무 심심한 거예요. '일본은 괜찮겠지?' 하고 아무 생각 없이 일단 예약하고 그냥 갔어요. 정말 별걱정 없이 지르고 봤어요.

네이버에 검색을 엄청 많이 했거든요. 저보다 먼저 다녀오신 분들이 계시긴 하더라고요. 그분들 참고해서 비행기 휠체어 서비스 예약하고. 네 시간 전에 도착해서 휠체어 보내고 "나 혼자 간다. 뭐 해 줄 수 있는 거 있으면 다 해 줘라." 이렇게 얘기를 해 놓고 그랬어요.

공항에서부터는 아예 혼자였거든요. 그냥 번역기 돌려 가면서 숙소 찾아가고, 캐리어 끌고 가는 것도 방법을 몰라서 지나가는 사람들이 조금씩 도와주고. 좀 큰 역 같은 데는 역무원분들이 계시잖아요. 그분들이 숙소까지 갈 때 도와주시고, 그런 게 있어서 가능했어요.

지우 전 아직 혼자서는 여행을 못 가 봐서, 만약에 혼자 떠나게 되면 일본에 먼저 가 보고 싶다는 생각은 늘 있는데 어떠셨어요?[※] 한번 처음에 딱 가 보니까.

성희 '또 갈 수 있겠는데?' 이 생각밖에 안 들었어요. 생각보다 너무 잘돼 있었고, 한국보다 다니기가 편했고. 또 한국은 말이 통하는 곳이니까 사람들이 지나가면서 하는 얘기가 들리잖아요. "힘들겠다." 막 이런 거. 근데 일본에서는 그런 것도 거의 안 들렸고, 절 잘 안 쳐다보더라고요. '여기선 내가 되게 아무 시선 안 받고 다니네.' 이 생각을 제일 많이 해서 거의 방학 때마다 갔어요.

"캐리어 끌고 가는 방법을 몰라서."

다른 것보다 이 문장이 귀에 걸렸다. 모르는 게 많은 채로 어떻게 떠날 수 있었을까. 나 역시 혼자 여행을 가려 하면 늘 캐리어가 마음에 걸렸다. 선뜻 홀로 떠나지 못했던 이유 중 가

[※] 2023년 8월에 이 인터뷰를 했던 나는 2024년 2월, 홀로 떠난 호주에서 원고를 검토했다.

장 큰 것도 캐리어에 대한 걱정이었다. 사흘 이상 여행을 떠나려면 배낭으로는 부족하다. 빵빵한 배낭을 메고 가다가는 휠체어가 왈칵 뒤집힐 것이다. 캐리어를 끌자니 휠체어 컨트롤러 조작도 해야 하고, 악력이 약한 손은 조금만 지면이 매끄럽지 못해도 캐리어 손잡이를 놓치곤 한다.

성희 언니는 더군다나 두 손으로 수동 휠체어를 민다. 어떻게 캐리어를 가져갔냐고, 사람들에게 부탁하는 게 어렵지 않았냐고 호들갑을 떠는 내게 언니는 "말은 안 했는데 먼저 와서 도와준다니까 '노 땡큐' 할 이유는 없잖아요."라며 웃었다.

도움이 필요하다고 말할 용기를 떠올렸다. 내 서툰 면과 약한 면을 꽁꽁 감추고 싶을 때가 있었다. 나를 미워하다 못해 본인의 서툰 면과 약한 면을 스스럼없이 내보이는 사람을 미워할 때도 있었다. 동시에 나는 서툴게 걸었고 하루에 한 번은 넘어져 무릎에 상처를 달고 사는, 서툴고 약한 아이였다.

그럴 때마다 얼굴이 터질 듯 붉어졌던 열한 살의 지우에게, 나의 엄마 현미는 "지우는 어쩔 수 없이 도움이 필요한 순간들이 있을 거야. 그럴 때 도움을 구하는 걸 부끄럽게 생각하지 않아야 해."라고 말하곤 했다. 나는 길을 걷다 와락 넘어져 일어날 수 없을 때, 휠체어를 타고서는 도무지 오를 수 없는 가파른 경사를 맞닥뜨릴 때마다 그 말을 생각했다. 연약함을 드러내도 된다는 현미의 말은 내 얼굴을 단단하게 만들어서 모르는 이에게 말을 걸어 손을 맡기고, 도움을 받고 나서는 한껏 웃으며 고맙다고 말할 수 있게 되었다.

그럼에도 여전히 서툶을 드러낼 때 근육은 굳고 귓가는 붉어지곤 한다. 끝 줄 모르는 캐리어와 함께 비행기를 타고 날아간 스무 살의 성희에게서 나보다 더 단단한 마음을 발견할 수 있었다. "또 갈 수 있겠는데?" 그날의 성희가 남긴 하나의 문장이 너무나 반짝였다. 그 말이 지금의 성희 언니 중 아주 큰 일부를 만들어 냈을 거라고 짐작했다.

너는 못 할 거라고 말하는 사람들이, 무시무시한 경험담 혹은 정보의 부재로 가늠조차 되지 않는 타지가, 때로는 나의 가능성을 잘 몰라 스스로 망설이는 마음이 밖으로 나서려는 우리를 막아서곤 한다.

한국장애인개발원에서 공개한 '2022 장애인삶 패널조사'에 따르면, 2021년 한 해 동안 여행을 다녀온 적 없는 장애인의 비율은 83.9%다. 문화체육관광부에서 공개한 '2022 국민여행조사'에서는 2021년 국민의 국내 여행 경험률만 93.9%로 기록되었다. 그 해 국민 10명 중 9명은 국내 여행을 떠났으나, 장애인 10명 중 8명은 국내와 해외를 막론하고 어딘가를 향해 떠난 적이 없다. 9명과 8명, 언뜻 비슷하게 보이는 숫자가 전혀 반대의 이야기를 하고 있는 것이 이상했다.

휠체어를 타고 여행하지 않을 이유는 너무 많다. 캐리어를 못 끌어서, 여행 갈 돈을 벌 수 없어서, 휠체어가 갈 수 있는지 정보가 없어서, 무서워서, 사고가 날까 봐, 거부당할까 봐, 나를 이상하게 볼까 봐. 그런데 수백 가지 이유를 떠올려도, "또 갈 수 있겠다."라는 단 하나의 문장이 모든 것을 상쇄한다. 그리고 한 바퀴 뗀 순간 알게 된다. 나는 또 나갈 수 있음을. 나가고 싶어 안달이 날 것임을. 또 갈 수 있겠다는 그 마음이 우리를 움직인다.

운동하는 주성희

지우 '운동하는 주성희'라고 본인을 소개하셨는데 언제부터 시작하셨는지, 어떤 운동 하시는지도 궁금해요.

성희 처음 다쳤을 때 그냥 재활로 수영을 시작했다가(언니는 어릴 때 다쳐 휠체어를 타게 되었다) 대학생 때 휠체어 럭비를 잠깐 했었어요. 그 이후에는 취미로 운동을 하다가 작년 말에 장애인체육회에서 하는 스키 캠프에 참여했어요. 노르딕 스키라는 걸 해 봤다가 올해 2월에 처음 대회에 나갔고 신인 선수로 뽑혀서 같이 훈련하고 있어요.

휠체어를 움직이는 것도 움직이는 방법 중 하나이긴 한데, 막 땀이 날 만큼 움직일 일은 거의 없잖아요. 그리고 내가 이걸 해서 뭔가 성취했다, 이런 느낌이 드는 행위는 아니니까. 뭔가 땀이 나고 더 재밌고 에너지 넘치는 행위가 하고 싶었던 건지, 계속 운동을 찾았어요.

지우 스키는 어떤 점이 제일 좋으세요?

성희 노르딕 스키는 (높은 곳에서) 막 내려오는 스키가 아니고, 직접 올라가고 또 내려오고 이런 과정을 혼자서 다 하거든요. 그래서 '진짜 토할 것 같다. 너무 힘들다.' 이러면서 올라간 다음에 한 3초, 4초 내려온단 말이에요. 그게 너무 재밌어요. 처음에는 '나 못 내려오겠는데?' 이랬는데, 내려오니까 더 재밌더라고요. 그리고 휠체어를 타고 눈 위에 잘 안 가잖아요. 근데 눈 위에서 제가 움직이고 싶은 대로 움직이니까 진짜 재미있어요.

지우 저도 최근에 헬스를 시작했는데, 땀나고 숨이 찬 감각을 거의 처음 느껴 본 거예요. 지난주부터 로잉 머신을 탔거든요. 너무 재밌었어요. 다섯 번만 해도 갑자기 몸에 열이 확 도는 게 느껴져요. 성취감이라는 말이 정말 맞는 것 같아요.

성희 맞아요. 꼭 운동이 좋아서가 아니더라도 우리가 안 힘들게 살려면 해야 할 것 같아요.

지우 장애인한테 운동이 중요한데 아직도 잘 안 알려져 있죠.

성희 맞아요. 운동하러 갈 수 있는 곳도 많지 않으니까.

"혼자 오실 건 아니죠?"

얼마 전 처음 갔던 학내 체육관에서 직원으로 보이는 사람에게 들은 말이다. 그는 부르지도 않았는데 운동 중인 나와 나를 가르쳐 주던 친구 홍산에게 다가와 그리 물었다. 그리고 묻지도 않았는데, 내게 사고가 날 수도 있다느니 이전에 장애가 있는 사람이 왔다가 다쳤다느니 하는 소리를 늘어놓았다. 그 말과 내가 무슨 상관인지 이해가 가지 않았으나 그가 체육관을 이용하는 '회원 1'로 나를 보고 있지 않다는 것쯤은 쉽게 알 수 있었다. 불쾌하면 웃어 버리는 습관을 고칠 때도 됐는데,

067

나는 또 허허실실 웃으며 "예." 하고 그 상황을 넘기고 말았다.

주변에서는 장애인임을 밝히자 PT 상담이 무산되거나, 필라테스 센터 앞까지 찾아갔다가 당황하는 선생님의 얼굴에 돌아서야 했던 이야기들이 차고 넘쳤다. 체육관에서 사고가 발생할 시 체육관 쪽에 어떠한 책임도 묻지 않겠다는 서약서를 써야 가입시켜 주겠다는 말을 들은 사람의 이야기도 한 다리 건너 접했다. 바디 프로필이니 식단 조절이니, 생활인으로서 운동하는 사람들의 이야기가 최근 몇 년간 넘쳐 나는데 운동하는 장애인은 언제끼지고 다자었다. 장애인의 몸 이야기를 할 때면, 신체 단련보다 기어코 재활 이야기가 등장했다.

문득 땀을 흘려 본 경험이 없다는 것을 깨달았다. 헉헉대며 숨을 들이쉬고 내쉰 경험도 없다는 걸 알았다. 내 몸을 거울에 대고 비춰 보며 근육을 구경하고, 한계까지 몰아붙인 경험은 더더욱 없었다.

어릴 때 다닌 재활 병원에서 내 첫 번째 목표는 '걷는 것'이었다. 어린 내가 '건강하게 어른이 되기 위해' 혹은 '자립해서 생활할 수 있게' 재활했더라면 어땠을까, 상상한다(물론 치료사 선생님들은 최선을 다해 주셨다. 나는 어릴 때의 집중 재활로 많은 성장을 이뤘다. 장애아동의 재활 필요성을 부정하는 것이 아니라, 재활의 목적이 '장애의 제거'가 아니기를 바라는 것이다. 재활하는 장

068

애아동들은 장애가 있는 어른이 될 테니까 걷지 못해도, 자꾸 넘어져도 스스로 살아갈 수 있다고 말해 주는 재활이 늘어나길 바란다).

장애의 소멸을 염원하지 않고, 장애가 있는 몸 그대로 강해질 수 있을까. 정상을 향해 토할 것처럼 에너지를 쓰며 올라가 미끄러져 내려오는 기분은 어떨까. 언니가 스키 타는 모습을 보고 싶었다.

트렌드에 뒤처지면 안 되니까

'운동하는 주성희'의 Exercise 이야기를 들었으니, Activism 이야기도 들을 차례였다. 성희 언니를 만나기 전 지금은 이용하지 않는 언니의 페이스북 계정을 찾았다. 앳된 얼굴의 언니는 장애인식 개선 서포터즈라든가 캠페인 관련 포스트를 올리곤 했다. 인간재활학과에서 장애학을 공부하고 지금은 장애인 접근성을 위해 일하는 언니. 트위터에서 마마무 콘서트 휠체어석 실태를 공론화해 주최 측과 소통하며 개선을 위해 노력한 언니. 여행 블로그를 운영하며 장애인에게 필요한 정보를 아카이빙한 언니. 적게 잡아도 자그마치 10년이 넘는 꾸준함이다.

성희와 지우가 무릎 위에 휠체어 탄 바비 인형 '베키'를 올려 놓고 이야기 나누고 있다.
성희의 베키가 들어 있는 상자에는 영문으로 '패럴림픽 챔피언'이라고 적혀 있다.
지우의 베키는 무릎까지 오는 분홍색 레깅스에
청록색 민소매 재킷과 미니스커트를 입고 있다.

Share
Smile
Becky

언니의 활동들은 자신만을 위한 게 아니라, 뒤따라올 휠체어 위의 사람들을 상상하는 일이었다. '왜 이런 일을 하는지' 묻고 싶어졌다. 뻔한 질문이었으나, 물을 때마다 새로운 질문이기도 했다.

성희 저는 원래 컴공과에 가고 싶었는데, 부모님이 잘 모르셔서 "휠체어를 타고 어떻게 컴퓨터 쪽에서 일을 해. 공무원을 하든지 아니면 사회복지사가 되는 게 좋겠다." 이러면서 억지로 그쪽으로 보내셨어요.

언니는 그때까지도 장애는 본인과 무관한 일이라고 생각했다고 한다. 비장애인 사회 속에서만 살았으니 비장애인의 삶과 시선이 익숙했으며, 자신은 사회에서 이야기하는 '장애인'과는 다르다는 생각도 했다. 그런데 대학 생활을 하면서 장애 수용의 과정이 시작됐다.

성희 '되게 세상이 잘 안 돼 있네.' 이 생각을 어느 순간부터 하게 됐어요. 그런 과정에서 장애인식 개선 동아리라든가 장애인권 서포터즈를 알게 됐고, 그 활동이 저한테 생각보다 잘 맞는 거예요. 사람들한테 장애인권 개념을 알려 주고 같이 이야기를 나누고 거기서 제가 또 배우는 게 있고.

한국장학재단에 근로 장학생 제도가 있는데, 대학교 다닐 때 장애우권익문제연구소라는 데서 일하게 됐어요. 제가 처음 갔을 때가 장애인 노동자를 착취한 염전 사건이 터졌을 때였거든요. 당사자분들 만나서 얘기도 나누고 서류 작업도 하면서 '세상에 진짜 부조리한 일이 많은데 바꿀 수 있는 일들도 많았구나. 되게 재밌다. 난 여기서 일해야겠다.' 그 생각에 장애 쪽에서 계속 활동하게 됐어요.

지우 맞아. 진짜 안 좋은 게 많은데, 그래서 오히려 바꿀 수 있는 것들이 좀 보이는 것 같아요.

성희 저한테 엄마가 계속 "넌 도움받고 살아야 돼." 이런 얘기만 엄청 하셨거든요. 그래서 제가 그런 줄 알았는데, 서포터즈든 인식 개선 활동이든 당사자 목소리가 더 중요하잖아요. 말이든 행동이든 도움이든 제가 협력하고 주장을 낼 수 있는 것들이 생기니까 즐겁고, 같이 알아 가는 게 재밌었어요.

지우 어떤 변화를 이끌어 내는 사람들이 있잖아요. 근데 그런 사람들이 지치기도 쉽고요. 언니에게도 그런 순간이 있었는지 궁금하고, 왜 계속 이 일을 하는지도 궁금해요.

성희 제가 딱 그 시기에 회사를 그만뒀거든요. 아시잖아요. 마음대로 잘 안되고, 아무리 세상에 얘기해도 "바꿀게, 바꿀게." 하면서 안 바꾸고. 달라지는 거 없고. 이러면서 저도 좀 지쳤던 것 같아요.

퇴사하고 아예 장애 쪽에 눈 감고 귀 닫고 있었어요. 기사도 전혀 안 보고 페북도 안 보고 지냈는데 한 달 지나니까 궁금해지더라고요. 괜히 나만 장판[*]에서 무슨 일이 있는지 모르는 것 같고, 찾아보게 되고. 무의 대표님이 "너 그럼 우리랑 일할래?" 하셔서 같이 일하게 됐어요. 결국 다시 돌아왔죠.

지우 그러네요. 맞아, 나만 트렌드에 뒤처지면 안 되니까. (웃음)

성희 나만 장판 트렌드를 모른다? 안 되죠. (웃음)

지우 아직도 어떤 정보가 필요하다고 느끼세요? 이걸 알았으

---

[*] '장애운동 판'의 줄임말

면 내가 더 잘했겠다, 이런 게 있는지도 궁금해요.

성희 대학 가는 거요. '휠체어를 타고 프로그래밍을 한 사람이 있다.' 이런 걸 알았다면 좋았을 거예요. 우리 어릴 때는 거의 그런 거였잖아요. 휠체어 타고 의사 된 이야기, 휠체어 타고 선생님 된 이야기 이런 거밖에 없었잖아요.

지우 그것마저도 엄청 희귀해서 얘깃거리가 되거나 그랬죠.

성희 평범한 사람들의 이야기를 많이 볼 수 있으면 좋겠어요. 그랬다면 '나 특별한 사람이 돼야 하나?' 이 생각 말고 '평범하게 살아가야지.' 이 정도로만 생각하고 조금 마음 편하게 살았을 것 같은데, 그게 아니니까 너무 빡세게 살았어요.

지우 약간 타의적으로 비범해지지 않나요, 우리는?

성희 맞아요. 선례가 되어야 할 것 같고.

지우 튀어야 하고.

성희 뭔가 남겨 놔야 할 것 같고. 그래서 더 빨리 피곤해지는 것 같아요.

지우 그래도 관심 끊으면 궁금하고.

성희 맞아요. (웃음)

평범하게 살아도 괜찮아

변재원 작가의 책 《장애시민 불복종》에서 작가와 함께 술을 마시던 장애인 활동가는 "데모를 통해 중증장애인이 세상을 만나게 된다."라고 데모의 의의를 설명한다. 언니의 이야기를 들으며 "장애를 지닌 몸 그 자체가 장애인 권리 보장의 유일한 근거"가 되며, 그로 인해 "장애인은 자신의 몸을 더 아끼는 동시에 자신감을 갖게 된다."라는 책의 설명이 떠올랐다.

휠체어를 타면 할 수 있는 일이 정해져 있다는, 넌 평생 도움을 받으며 살아가야 한다는 말을 들으며 살아온 성희가, 세상의 온갖 부조리한 일을 목격하던 성희가 그 진창 속에서 자기 몸으로부터 나오는 힘을 찾아냈다는 것이 좋았다. 장애가 있는 몸은 필연적으로 더 많이 덜컥이고 비틀대지만, 미묘하고 뿌리 깊은 차별과 혐오를 금세 감지하는 더듬이가 있는 몸이기도 하다. 성희 언니의 말을 들으며 나의 예민하고도 기민한 몸이 좋다고 생각했다.

하지만 그 기민함은 때때로 책임감이 되어 장애 당사자를 짓누르기도 한다. 조금만 잘난 모습을 보여도 '특별한 아이' 취급을 받으며 결국 스스로 '슈퍼 장애인'의 모습을 재생산하는 장면들, 함께 장애의제를 논의하다가도 중요한 순간이 되면 "나는 잘 모르니 네가 얘기하라."라며 손쉽게 거리를 두는 비장애인 동료들, '내가 아니면 누가 하나.' 하며 자기 자신에게 짐을 지우는 마음이 그렇다. 타의적으로 비범해지는 삶 속에서, 성희 언니는 그렇게 하지 않았어도 좋았겠다고 말한다. 평범하게 살아도 괜찮다고.

그럼에도, 여전히, 트렌드에 뒤처지지 않아야 해서 활동가로 일한다는 성희 언니의 말에 웃어 버리고 말았다. "계속하기 위해 지금은 잠시 동물의 숲을 한다."라던 지민이가 떠올랐다. 꾸준함은 얼마간 유머와 농담이 함께해야만 가능한 일인 것 같다. 꾸준하고자 하는 마음이 숙명이라고 받아들이는 태도는 또 다른 족쇄가 될 수도 있으니까.

몸의 무게를 더는 일은 어떻게 가능할까. 우리의 몸은 전

휠체어 두 대가 접힌 채 주차되어 있다.

혀 없는 것 취급되다가도 어느 순간 너무 크게 불어나 그 자체
로 모든 문제인 것처럼 여겨지곤 한다. '트렌드'나 '동물의 숲'
정도의 무게인 나의 숙명을 생각한다. 하고 싶으면 하고, 숨이
막히면 잠시 떠나는. 동물의 숲을 조금 하다가, 트렌드가 궁금
해 돌아오게 되는 '세상을 바꾸는 힘'은 어떤 모습일까.

휠체어 타고
독립을 왜 못 해?

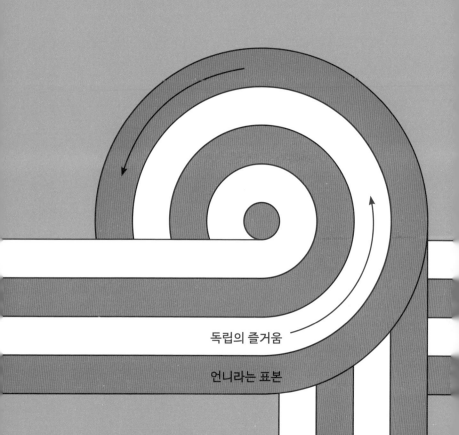

독립의 즐거움

언니라는 표본

복도 엄마가 사라지지 않는 이유

　　장애인 가족에겐 익숙할지도 모르는 '복도 엄마'라는 이름이 있다. 장애가 있는 아이를 등교시킨 후 집으로 돌아가지 못하고 복도에 남아 아이를 기다리는 엄마를 가리키는 말이다. '특수교육 보조 교사'라는 제도가 있지만 학생 전부를 돌보기에는 인력이 부족하거나, 선생님과 아동 사이 갈등이 생기거나, 그마저도 교사나 지원인이 배정되지 않는 경우가 많아 복도 엄마들이 생겨났다.

　　학교를 졸업한 지 꽤 되어 지금도 상황이 비슷한지는 알수 없지만, 몇 년 전만 해도 복도 엄마 이야기를 심심찮게 들을 수 있었다. 수업은 보조하지만 소풍 등의 외부 활동을 책임질수 없다는 학교의 사례 역시 지금도 찾아볼 수 있었다.

　　이제는 15년 전 이야기지만 나의 엄마와 아빠인 현미와 태균도 복도 엄마·아빠였다. 수동 휠체어로 학교에 다니던 나는 혼자 이동할 수 없었기에, 화장실에 가고 싶으면 복도나 교사 휴게실 한구석에 있던 엄마를 찾았다. 아빠가 학교에 있는

날에는 여자 화장실에 함께 갈 수 없어 소변을 참기도 했다. 수련회 때도 현미와 태균은 숙소의 빈방을 얻어 내가 모든 활동에 참여할 수 있도록 했다. 반대로 말하자면 현미와 태균이 없었다면 난 수련회에 가서도 아무 활동에 참여하지 못했을 것이다.

2023년 6월 서울대학교 다양성위원회에서 주최한 '다양성 관점에서 서울대의 코로나19 대응 및 위기관리 분석' 토론회에서 토론자 변재원 씨는 "서울대학교의 가족생활관 등에서 여전히 장애하생의 부모기 학교에시 함께 살며 학생을 지원하고 있다. 서울대학교 내 이동 문제 등 기본적인 생활에서 권리가 보장되지 않기 때문이다. 학생이 홀로 자립해 공부할 환경을 학교가 만들지 못하는 것은 부끄러운 일이다."라고 말했다.

서울대학교 장애학생 휴게실에는 늘 학생의 수업이 끝나기만을 기다리며 시간을 보내고 있는 부모들이 있다. 휠체어를 타는 나의 한 학년 선배도 어머니의 도움을 받는다. 그의 어머니는 개조한 차를 끌고 수업 스케줄에 맞춰 선배와 함께 움직인다. 410만 8천m^2에 달하는 드넓은 캠퍼스에서 장애학생 이동을 지원하는 차량은 한 대뿐이고, 저상 셔틀버스는 없고, 본인의 차량으로 이동을 돕는 활동지원인을 구하기는 너무 어렵기 때문이다.

탈시설화와 더불어 장애인의 자립생활이 끊임없이 이야기되고 있다. 아쉬운 점은, '어떻게' 자립을 시작해야 하는지, '무엇'이 자립생활 유지에 도움이 되는지 이야기해도 부족한 마당에 장애인이 '왜' 자립해야 하는지 논의답지 못한 논의가 여전히 오가고 있다는 점이다. 사회적 통념으로는 사람이 태어나 자라고 일정 시점이 되면 양육자로부터 독립해 살아가는 것이 마땅한 수순이라고 여기면서, 장애인의 사례에서는 왜 이 기본적인 전제마저 자꾸만 부정하는 걸까.

이런 사회 속에서 성희 언니는 자취를 한다. 나는 졸업하고 나서 정말 혼자 살 수 있을지 궁금해하고 있었다. 그의 자립 이야기를 듣고 싶었다.

휠체어를 타고 자취하는 언니들

지우 저는 '내가 장애인이구나.'를 대학 와서야 느낀 것 같아요. 회식 자리 못 가고, 수강 신청을 하면 교수님한테 내 장애를 설명하고 양해를 구해야 하고, 밖에 나왔을 때 밥을 못 먹겠고 화장실에 못 가겠으니까, 그제야 느꼈거든요. 그래서 성희 님의 학창 시절과 그 이후가 궁금해요.

성희 저는 어릴 때 다쳤는데, 초등학교 때까지는 그걸 별로 안 느끼고 살았어요. 깡시골에서 살았거든요. 문 열고 나가면 바로 논밭 있는 데서. 그런 데서 태어날 때부터 보던 친구들이랑 살아서 그냥 똑같이 놀고, 친구들이 똑같이 휠체어 밀어 주고 이랬으니까 '나랑 똑같은 사람이구나.' 하고 생각했는데 중학교 올라가면서 달라졌어요. 중학교 때는 시내에 있는 곳으로 나왔거든요. 친구들이 저한테 처음에 대하는 게, "너 불편한 거 있으면 얘기해, 내가 도와줄게." 이렇게 얘기를 하는 거예요.

지우 '착한' 친구들이네요.

성희 "내가 도와줄 테니까 나한테 얘기해." 이런 게 먼저여서 통성명도 안 했어요. 그게 먼저였어서……. 그다음 연도부터는 제가 엄청 아팠거든요. 욕창 때문에. 그래서 학교에 잘 못가고, 친구들이랑 자연스럽게 멀어지고 그랬어요. 그때 사람 사귀는 법을 못 배웠어요. 그래도 조금 나아졌던 게 중3 때 담임 선생님 덕분에. 제가 원래 그전까지는 밥은 특수반에서 먹었어요. 수업은 교실에서 다 들었는데.

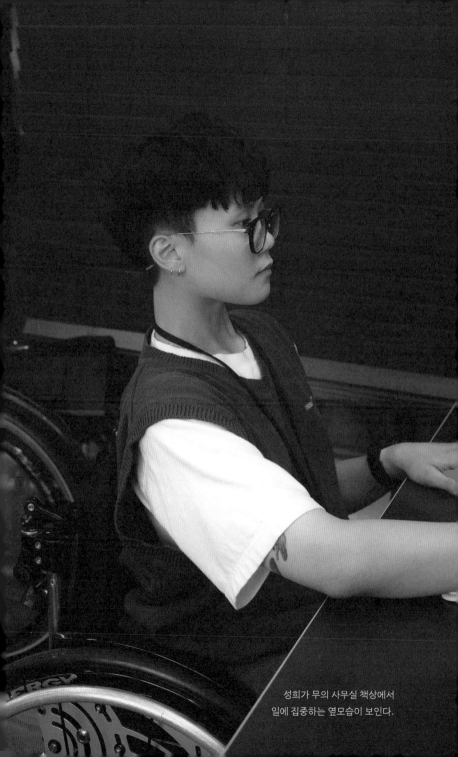

성희가 무의 사무실 책상에서
일에 집중하는 옆모습이 보인다.

지우 왜요?

성희 급식실에서 식판 못 든다고……. 그렇게 밥을 따로 먹으니까 더 어울릴 시간이 없었어요.

지우 밥 먹는 시간이 어울릴 시간인데!

성희 그때 친구를 못 사귀었는데 중3 담임 선생님이 그걸 알고, "밥도 같이 먹어야지, 무슨 따로 먹냐." 이러면서 친구들한테 서로 돌아가면서 식판 들게 해 줘서 그 친구들이랑 조금 집단이 형성됐어요. 그런데 고등학교 올라가면서 또 중학교 1학년 때 그 과정이 다시 시작된 거예요. 그때 딱 느꼈던 것 같아요. 나는 이 친구들이랑 되게 다른데, 그러면서도 비장애인 집단에만 있고…… 사춘기가 엄청 세게 왔어요. 혼란스러우니까. 비장애인 집단에 있는데 특수반도 아니고, 도움은 받아야 하고…… 사람이랑 거의 말도 안 하고 그렇게 지냈었거든요.

처음 대학에 갔는데 단톡방 같은 걸 만들잖아요, 입학하기 전에. 만나서 놀자는 얘기가 나왔는데 친구들이 "주성희도 와야지." 하는 거예요. 그래서 나 혼자 못 간다고, "나 가면 너네 불편할 텐데." 이랬더니 아니래요. 괜찮대. 그래도 계단 있는 곳에 나 때문에 못 가면 불편하지 않냐, 그랬더니 "남자 애들 있으니까 다 들어 주면 되잖아." 이러는 거예요.

그래서 '얘네 뭐지?' 했죠. 그 친구들도 장애에 무지해서 일단 지른 거예요. "그냥 하자." 이러면서. 학교생활 같이하다 보니까 서로 익숙해져서 그런 문제가 있을 때 계단이 있으면 들어 주고, 그게 힘들 것 같으면 같이 경사로를 찾고 그랬어요. 그런 과정에서 조금 장애를 수용하게 된 것도 있어요. 그 친구들의 '무지함' 덕분에 다시 친구 관계도 넓혔고. (웃음)

학교에 갔는데, 정말 장애가 최중증인 분들이 기숙사에서 살고 있는 거예요(성희 언니가 졸업한 학교는 '재활복지 특성화 대학'이다. 2024년 3월 기준 장애학생이 가장 많이 재학하는 학교이기도 하다).

지우 (놀라는 소리) 혼자?

성희 네. 저도 그걸 보니까 할 수 있겠는 거예요. 혼자 학교 다닐 수 있겠고. 처음에는 활동지원 선생님이 역까지 태워다 주시면 지하철 안에서 친구들 만나서 같이 학교 가고, 또 그렇게 집에 오고 이랬는데. 늦게까지 놀고 싶은데 시간에 맞춰야 되니까 못 그러잖아요. 그래서 엄마한테 "나 기숙사 살거다. 너무 불편하다." 그러고 다음 학기인가에 바로 기숙사에 들어갔어요.

장애학생 도우미를 뽑아 함께 살 수 있어서 학교 선배 중에 한 명이 "그럼 내가 그거 하면 안 되겠냐." 그래서 같이 들어가서 지내고, 일주일에 한 번씩 집에 가던 것도 그냥 안 가게 됐어요. 모든 걸 제가 다 할 수 있게 됐으니까. 그러다 보니까 기숙사에서 아침에 강제로 하러 가던 예배도 가기 싫어진 거예요. 기독교 학교였거든요. 그래서 아, 자취해야겠다. (웃음)

기숙사에는 통금도 있었어요. 술도 마시고 들어가면 안 되고. 제약들이 너무 많아서 자취해야겠다고 생각했는데 엄마가 네가 자취를 어떻게 할 거냐고 했어요. 그때 휠체어 타는 언니 몇 명이 자취를 하고 있었어요. "저 사람들도 자취하는데 내가 왜 못 하겠냐. 찾아본 자취방 바로 앞에 학교 선배 있고, 옆에 누구 있고. 친구들이 활보※ 해 준다는데 왜 안 되냐." 그래서 어머니가 '그래, 일단 반년만 살아 봐라.' 이런

※   '활동보조'를 줄여 부르는 말. 지금은 활동지원으로 명칭이 바뀌었다.

생각으로 허락해 주셨는데 그러고서 아직까지 집에 안 돌아가고 있고요.

지우 (웃음) 하나님 덕분에 자취하게 됐네요.

성희 이게 다 은총이죠. 예배가 너무 가기 싫었어요.

지우 자취, 저는 진짜 엄두가 안 나는데, 처음에 자취 시작하고 어떠셨어요?

성희 너무 재밌었어요.

지우 어떤 점이요?

성희 기숙사에서는 4인실을 썼거든요. 저도 막 2인실 쓰고 싶다, 1인실 쓰고 싶다 이렇게 학교에 얘기했었는데, 저보다 장애가 더 심한 친구들이 많으니까 "미안한데 너는 4인실밖에 못 써." 이러는 거예요. 2층 침대 두 개가 있었는데, 옷 갈아입고 이러는 건 침대에서 해야 하는 경우가 좀 있잖아요. 칸막이를 만들어 놓고 생활하니까 좀 불편한 거예요. 괜히.

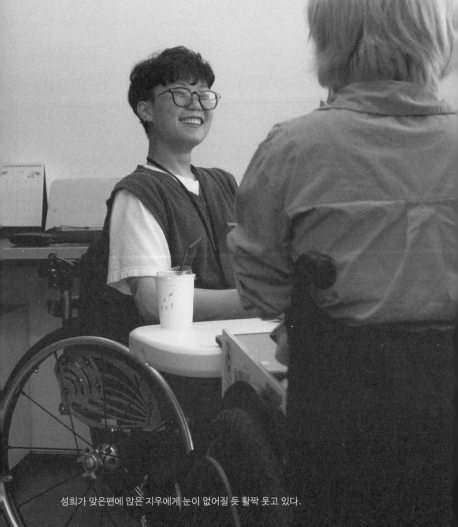

"휠체어를 타고
평범하게 살아가는 사람들의 이야기를
많이 볼 수 있으면 좋겠어요."

성희가 맞은편에 앉은 지우에게 눈이 없어질 듯 활짝 웃고 있다.

근데 자취하면 그런 걸 안 하고 지내도 되니까, 그냥 편안하게 다녀도 되니까 그게 너무 좋았어요. 손에 닿는 위치에 물건들을 둘 수 있고 다 제가 원하는 대로 배치해 놓을 수 있으니까. 집에서는 솔직히 하고 싶어도 어느 정도 어려움이 있잖아요.

지우 저도 본가 가 보면 정수기 맨날 자꾸 밀어 놔 가지고. (웃음) 손이 안 닿아서 정수기 밀어 넣지 말라고 해요.

성희 그러니까요. 그거 아세요? 화장실 앞에 슬리퍼.

지우 슬리퍼도 짜증 나요. 쓰지도 않는데! (웃음)

성희 그러니까요.

스물두 살 때 독립한 언니는 지금 스물아홉 살이 되었다. 반년만 살아 보라는 조건으로 시작된 자취였지만 7년째 본가로 돌아가지 않고 있다. 고양이 두 마리와 함께 산다. 청소와 빨래가 좋다. 언니의 독립 이전에 자취를 하고 있는 언니들이 있었다는 이야기가 좋았다. 어쩌면, 독립할 수 없을지도 모른다는 나의 근원적인 공포 역시 혼자 살고 있는 언니들의 이야기를 들어 보지 못했기 때문이라는 생각이 들었다.

곧잘 "청소 잘하고 요리 잘하는 힘 센 남자 만나서 결혼해."라는 말을 듣는다. 가부장제와 멀어진 남편상일 수는 있으나…… 나 스스로는 독립해 살 수 없을 거라는 말처럼 들리기도 한다. 내겐 살림 잘하는 남자보다 홀로 사는 언니 그리고 장애 있는 언니가 필요하다. 어떻게 살아 내고, 고통이 찾아올 땐 어떻게 대처하고, 어떤 방법으로 나를 돌보며 살 수 있는지, 집 안은 어떻게 개조했는지, 장애여성 홀로 살며 위험한 순간은 없는지 물어볼 사람 말이다. 이제 한 명 생겼으니 독립에 한 걸음 가까워졌다. '왜' 자립해야 하는지 묻지 않고, '어떻게' 홀로 또 같이 잘 살 수 있는지 더 많이 이야기하고 싶다.

성희 언니가 그저 도움이 필요한 사람으로만 언니를 대하고 "내가 도와줄게."라며 말을 걸어오는 친구들과의 만남을 거쳐, 장애를 너무 몰라 "들고 들어가면 된다."라고 대뜸 말하는 '무지한 친구들'을 만나서 좋았다. 코로나 때 신입생이 된 나는 이렇다 할 친목을 경험하지 못하고 고학번이 됐다. 어쩌다가 만나게 된 동기들은 내게 인터뷰를 요청하며 "혹시라도 제 말이 상처가 되었다면 사과드립니다."라고 말했다.

서로에게 상처 주지 않으려는 태도는 중요하다. 그러나

때로 그런 태도가 그와 나 사이를 가르고, 타자와 주체의 위계를 만들기도 한다. 피해와 가해의 방향이 정해져 있는 관계에서 어떻게 친구가 될 수 있을까. 한 번은 안겨서 식당에 들어가고, 또 한 번씩은 휠체어가 들어갈 수 있는 식당을 찾으려 함께 머리를 싸매는 관계를 나 역시 쌓고 싶었다.

언니들이 있어서 다행이야

지우 자취하는 언니들이 있었다는 얘기를 하셨잖아요. 저는 지금도 그렇고, 언니한테 배울 기회가 너무 없었어요. 제가 첫째이기도 하고 엄마나 여동생이 있지만 다들 비장애인이니까요. 성희 님은 언니가 필요하다는 걸 느낀 순간이 있었는지, 이런 결핍을 어떻게 해결하셨는지가 좀 궁금하더라고요.

성희 언니들 있는 거 정말 중요해요. 저도 정말 모르는 것들이 많았고, 표본이 되려고 일부러 더 애쓰느라 지쳤던 날들이 있거든요. 다행히 먼저 기숙사에 사는 사람들을 봤고, 자취하는 사람들을 봤고, 그런 게 도움이 됐어요. 표본이 되는 언니들이나 오빠들이나 누군가가 있었으니까 가능했던 일들이에

성희가 카메라를 보며 환하게 웃고 있다.

요. 그게 아닌 제 취미 생활이라든지, 아니면 다른 일들은 '내가 바꿔 놔야 다음에 하는 사람들이 좀 편하겠구나.' 이런 생각 때문에 제 에너지 이상으로 활동했거든요.

언니가 정말 필요해요. 근데 그게 꼭 개인적으로 깊은 관계가 아니어도 내가 궁금한 게 있을 때 찾아볼 수 있을 정도로만 정보가 있어도, 아니면 '이런 사례가 있었다.' 하는 아주 조그마한 정보만 있었어도 저는 더 잘했을 것 같아요. 더 잘 살았을 것 같아요.

쌓아 올리는 언니들을 떠올린다. 그들은 성희 언니 같은 마음으로 산다. 나에게 언니가 있었다면 더 잘 살았을 거라고 생각하는 언니들이 뒤따라올 여자들에게 말한다. 너는 더 잘 할 수 있을 거라고. 너는 나보다 더 잘 살아 낼 거라고. 성희 언니와의 인터뷰를 마치고 한 여자를 떠올렸다. 모든 것을 아는 언니, 아는 정보를 기꺼이 나누고 "나도 했으니, 너도 할 수 있어."라고 말하는 언니. 우리들의 '왕언니', 서윤 언니에게 연락해야 했다.

"뒤에 올 사람들에게 되고

홍서윤

1986년생. 호기심 대마왕이고 철없는 척하지만 누구보다 생각이 많다.
'노는 게 제일 좋은', 뽀로로가 되는 게 꿈인데 이번 생은 망한 것 같다.
노는 데 진심이지만 장애인이 마주하는 장벽을 없애는 데 사활을 걸었다.

"휠체어 탄 — 힌트가 — 싶은 거죠."

네트워크를 만드는 사람, 서윤

학교를 바꾸는 아이에서
세상을 바꾸는 어른으로

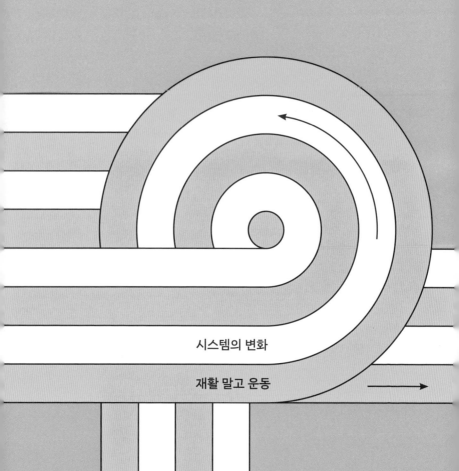

시스템의 변화

재활 말고 운동

힘차게 목소리를 내고, 사람들을 모으고

휠체어를 타고 사는 삶은 물리적으로나 정신적으로나 종종 덜컹거린다. 늘 땅에 붙어 있는 바퀴는 횡단보도의 미세한 울퉁불퉁함까지 감각할 수 있기에 작은 턱이나 홈을 만나면 휠체어 위의 몸이 그에 따라 진동한다. 덜컹임은 휠체어 위의 마음에도 전달되어서, 거리를 지나는 나를 돌아보는 시선과 웃고 있지만 손을 저으며 출입을 막는 가게를 마주할 때 하릴없이 흔들린다.

잦은 마찰을 만나는 피부와 마음은 그만큼 단단해져서 웬만한 흔들림은 가만히 받아들일 수 있게 되었다. 그런데도 덜컥 겁이 나는 순간이 있다. 전혀 가 보지 않은 길이나 아예 끊겨 있는 것처럼 보이는 길을 마주할 때 그렇다. 그럴 때마다 서윤 언니를 떠올린다.

서윤 언니는 지민에게 "내가 했으니 너도 할 수 있어."라는 문장을 전해 준 사람이다. KBS의 첫 여성 장애인 아나운서였으며, 무장애 관광에 대해 알리고, 청년-여성-장애인이라는 이름으로 정치 현장 곳곳에서 목소리를 내 온 사람이기도 하다. 언니의 이력을 나열하자면 끝도 없지만, 나는 그런 수식들보다 "너도 할 수 있어."라고 말하는 음성을 오래 기억하게 된다.

언니는 온갖 곳에 힘차게 달려가 목소리를 내고, 그러면서도 뒤를 돌아보며 움츠린 이들에게 하나하나 카톡을 보내는 사람이다. 휠체어 탄 여자들만 모인 채팅방을 만들어서 한강에 피크닉을 가고, 번개도 하고, 체육관에서 피클볼도 치면서 쉬이 외출하지 않던 사람들을 바깥으로 이끈다. 누군가 국내 여행을 간다고 하면 휠체어 접근이 가능한 맛집 리스트를 보내주고, 해외여행을 간다고 하면 영문 장애인 증명서를 꼭 가져가라는 조언을 덧붙인다.

그런 언니를 마주할 때면 나는 끊겨 보이던 길의 샛길을 발견한다. 그리고 다시 바퀴를 굴려 나아간다. 모르는 길에 가닿으면 언니에게 카톡을 보내면 될 것이다. 30대를 지나 40대를 바라보는 언니를 지켜보며 적어도 내 40대까지의 삶은 무섭지 않을 것이라고 짐작한다.

어깨까지 오는 웨이브 머리를 한 서윤이
한강 다리를 배경으로 오른쪽을 보며 웃고 있다.
흰색 블라우스를 입었고,
핸드 컨트롤러가 달린 휠체어를 탔다.

이제 무서울 게 없다

지우 보통 언니를 어떻게 소개하시나요?

서윤 이것저것 여러 가지 하는 홍서윤입니다. 말 그대로 이것저것 많이 합니다. 주로는 무장애 관광 전문가라고 소개하죠, 전문가인지는 모르겠고 '전문'까지는 된 것 같아요.

지우 한국장애인관광협회 대표시죠. 이 일은 언제부터 하셨나요?

서윤 2005년에서 2006년 무렵에 인터넷이 활발하지 않을 때 여행 블로그부터 시작했어요. 운전면허를 처음 따자마자 내가 갈 수 있는 곳들이 어딜까를 탐색하면서 갈 만한 여행지를 발견하면 그걸 포스팅했거든요. 네이버 블로그가 막 활성화되던 시기여서 장애인 분들이 많이 알아봐 주셨고, 그 소스로 여행을 다녀오신 분들도 있고. 이후에 협회를 만들고 본격적으로 확대했던 시기가 2017년이에요.

지우 2005년이면 몇 살 때셨어요?

서윤 스무 살 때였어요. 면허 따서 차 있고 하니까 어딘가 막 가고 싶어서 한창 난리였을 때.

지우 대박이다. (웃음) 저는 아직도 여행 가려고 하면 너무 정보가 없으니까 걱정돼서 못 갈 때도 있는데, 그땐 정보가 더 없었을 때잖아요.

서윤 그렇죠. 그때는 인터넷 정보가 거의 없었죠.

지우 그럼 어떻게 다녔어요?

서윤 전화해요. 전화해서 "안녕하세요. 제가 거기 놀러 가고 싶은 사람인데 휠체어를 타요. 혹시 입구에 턱이 한 개 정도 있는지, 턱 높이는 한 뼘 정도 되는지 좀 알려 주실 수 있나요?" 물어보는 거죠. 그때는 턱이 많고 배리어프리 시설들이 거의 없으니까 주로 친구들이나 가족들이랑 같이 여행을 갔죠. 대신 접근성 정보를 제가 다 파악하고 있어서 같이 가더라도 좀 덜 어려웠어요. 블로그에 정보를 올릴 때도 '턱이 하나 정도 있어서 들고 옮겼다. 좀 돌아가니까 우회로가 하나 있긴 하더라.' 이런 식으로.

2000년 이후부터 배리어프리 관련 법[※]이 통과돼서 우리나라도 조금씩 이런 시설을 만들고 있었을 때니까 아주 없을 거라는 생각은 안 했거든요. 근데 미비했죠. 많진 않았지만 어쨌든 인프라가 있으니까 그때 열심히 다녔던 것 같아요.

지우 유럽에 다녀오시고 책도 쓰셨잖아요.

서윤 장애인 앵커 일이 거의 끝날 무렵이었어요. 3년 가까이 했는데, 앵커 끝나고 학교로 돌아가야 하는데 뭔가 마음이 싱숭생숭 하더라고요. 나를 찾는 계기가 필요할 것 같다는 생각이 들어서 고민했는데, 그때 한창 대학생들 사이에 유럽 배낭여행이 열풍이었어요. 나도 가고 싶은데, 그렇잖아요? 남들이 가니까 나도 가고 싶은데. 그러다가 에라 모르겠다 하고 비행기표만 일단 끊었어요. 진짜 비행기표만. 9월 9월에 출발했거든요. 1월부터 준비를 한 거죠.

지우 언니 혼자 가셨던 거잖아요. 저는 유럽 여행 때 혼자였

[※]   교통약자의 이동편의 증진법. 2005년 1월 27일 처음 공포되었으며, 2024년 현재까지 개정을 거듭하고 있다. 이동편의시설의 설치 및 관리, 보행환경, 저상버스, 특별교통수단 등을 다루는 법이다.

으면 큰일 났겠다 싶었던 순간들이 많았어요.

서윤 파리에서 휠체어 빵꾸 난 적도 있어요.

지우 (놀라는 소리)

서윤 거의 막 와, 진짜 멘붕. '이제 집에 가야 되는 구나.' 이렇게 생각했는데, 당시 네덜란드에 무장애 관광 여행사가 있어서 거기서 일하시는 분을 만났었거든요. 파리로 넘어오기 전에 그분한테 혹시 파리에도 이런 업체가 있으면 소개해 달라고 했었어요. 소개받은 분한테 전화해서 이러저러해서 지금 펑크가 나서 당장 휠체어가 없는데 혹시 휠체어를 하나 대여해 줄 수 있냐, 아니면 대여해 줄 수 있는 기관을 알려 줄 수 있냐 그렇게 얘기를 했더니 사장님이 바로 뛰어오신 거예요. 자전거 튜브 사 와서 교체까지 해 주시고. 진짜 감동이었죠.

지우 귀인이네요. 듣기만 해도 지금…….

서윤 척추에 있는 골수가 다 빠져나가는 느낌.

지우 갔다 오시니까 어땠어요?

서윤 이제 무서울 게 없다. 이거 뭐 이제 무서울 거 없다. 하고 싶은 거 있으면 다 하고. 하기 싫은 거 있으면 안 하고. 못하는 거 있으면 두드려 보고, 안 되면 말고. 딱 진짜 정신 무장이 된 것 같더라고요.

인터뷰어는 듣는 이로서 객관적 시각을 유지하면서 말하는 사람의 이야기를 들어야 하는데 난 거리 두기에 늘 실패하고 만다. "또 갈 수 있겠는데?"라던 성희 언니의 말을 들었을 때처럼, "이제 무서울 게 없다."라는 서윤 언니의 말에 거리를 가늠하던 마음이 성큼 가까워지는 것만 같았다.

장애가 있는 여자들이 "직접 해 보니 할 수 있었다."라고 말하는 게 왜 이리 좋을까. 자신의 성공만을 자랑하는 것이 아니라 마치 나에게 가능성을 전달하는 말처럼 느껴지기 때문은 아닐까. 언니들이 간 곳은 가 보지 않아도 가 본 곳 같고, 해낸 일은 해내지 않아도 내 성취 같다. 먼저 해낸 언니들이 전하는 "할 수 있었다."라는 말은 나를 투과해 저 멀리 퍼져서, 비슷한 몸을 가진 이들을 연결하는 망이 된다. 그래서 난 하염없이 이 말을 좋아할 수밖에 없다.

거침없는 언니의 행보는 어디서 온 걸까. 대뜸 전화해서 "내가 갈 수 있냐."라고 묻고, 덥석 비행기표를 끊는 용기는 어떻게 일어날까. 문득 몇 년 전에 들은 언니의 스타벅스 아이디가 떠올랐다. 언니의 닉네임은 '불광동 오소리'였는데, 우다다 달려 나가 콱 물어 버리는 오소리가 언니와 퍽 잘 어울려 웃어 버렸던 적이 있다. 언니의 '오소리 기질'은 어떻게 만들어졌을까 궁금했다.

학교 가자

지우 몰랐는데, 언니가 이민 가서 생활하신 적이 있다고요.

서윤 이민은 아니고, 일종의 거주죠. 필리핀에서 살았어요. 한국에서 초등학교 졸업하고 입학 예정이었던 중학교에 미리 가서 3년 동안 1층에 교실을 배정해 달라고 상담했어요. 혼자서 다 움직일 수 있고 화장실이랑 경사로 같은 것만 있으면 되니까. 그런 건 사비로 설치하겠다고 했는데, 교장 선생님이 "우린 저런 애 안 받는다." 그러면서 "장애가 있는 애가 왜 여길 오냐. 특수학교 가라." 그렇게 얘기하는 거예요.

지우 그때 장애학생 특별법[※]이 아직 없었나요?

서윤 없었던 걸로 알고 있어요. "아무것도 해 줄 수 있는 게 없다. 3년 동안 애를 들고 나르시든지 부모님이 알아서 하시라." 이런 식으로 얘기를 해서, 저희 부모님은 맞벌이하시니까 그게 불가능하잖아요. 당시에 활동보조도 없고, 또 있다 한들 3층까지 어떻게 계속 업고 다니겠어요. 그때는 학교에 엘리베이터가 없었거든요.

부모님 얼굴은 침통하고, 며칠 동안 집 분위기가 되게 싸한데 엄마가 저한테 와서는 검정고시를 쳐야 할 것 같다고 얘기하셨어요. 검정고시 책을 잔뜩 사 주셨고 자퇴서도 쓰고 왔는데, 아버지가 못 받아들이시는 것 같더라고요.

그래도 초등학교 때는 선생님들이 배려해 주시고 애써 주셨어요. 왜냐하면 제가 중도 장애, 열 살 때 사고가 났기 때문에 3학년 때까지는 멀쩡히 다니다가 남은 3년을 장애를 갖고 학교에 다닌 거잖아요. 그래서 학교 선생님들이 열심히 애써

※   정확한 명칭은 '장애인 등에 대한 특수교육법'이다. 2007년 5월 25일 제정되었으며, 특수교육 대상자의 교육과 관련 서비스 제공에 대한 내용을 담고 있다. 특히 인터뷰에서 언급한 부분은 장애인 등에 대한 특수교육법 제4조 차별의 금지에 해당한다. 제4조에는 특수교육 대상자가 입학, 수업, 교내외 활동 등에서 차별받지 않아야 함을 명시하고 있다.

주신 것도 있어요. 그런데 중학교는 그렇지 못한 거죠.

아버지가 당시에 필리핀에 왔다 갔다 하시면서 사업을 하셨는데, 본인도 너무 스트레스니까 우연히 거기 있는 분들한테 이야기했나 봐요. "딸이 있는데 지금 학교에 못 가고 있다. 실은 우리 딸이 장애가 있어서." 이렇게 토로했더니 거기 있는 분이 오라고 하라고. "여기는 받아 줄 학교가 많은데 왜 거기서 그런 고민을 하고 있냐."라고 하셨대요. 그래서 아버지가 사업하러 갔다가 학교 라운딩을 하고 오신 거예요. 그러더니 한국 오자마자 저한테 짐 싸래요. 제가 "무슨 짐?" 하니까 "학교 가자." 진짜 딱 이랬어요. "학교 가자."

그때가 홍서윤의 황금기였다. (웃음) 정말 스트레스 하나도 없고 그냥 나 하고 싶은 대로 하고. 안 되면 막 가서 따져요. 선생님한테. 예를 들어 합창단을 하고 싶어. 근데 무대가 계단밖에 없어. 그러면 선생님한테 따져요. 따지면 선생님들끼리 회의해서 저한테 대책을 알려 주고 그랬어요.

한번은 태풍이 되게 크게 와서 엘리베이터가 멈춘 거예요. 엘리베이터가 작동을 안 하는데 수업에 어떻게 가냐 이렇게 항의하면, 선생님이랑 행정실 직원들이 모여서 대책 회의를 해요. 그러고 나서 시스템을 만들었어요. 비가 너무 많이 와서 엘리베이터가 고장 나면, 교내에 청원경찰분들이랑 당번을 정해서 저를 교실까지 데려다주는 걸로.

지우 시스템을 만든다는 게 되게 신기해요. 그냥 어영부영 때우려는 경험은 많이 했는데.

서윤 학생이 교육받을 때 최대한 문제가 없도록 고민해 주시는 거예요. 우리로 치면 상담사 같은 선생님이 학교에 상주하시는데, 되게 특이했던 게 학생과 선생님 사이에서 발생하는 갈등을 충분히 듣고, 조정하고, 교섭하는 역할을 분명히 하시는 거예요. 선생님이 늘 저한테 와서 "네가 불편한 거 있으면 얘기를 해라." 그렇게 말씀해 주셔서, 불편하면 맨날 가서 항의하고 그랬어요.

지우 언니를 떠올리면 부당한 일이 있으면 그런 가운데서도 따져 보고, 시도해 보는 스타일이라고 생각하거든요. 방금 말한 경험이나 환경의 영향이 있었을까요?

서윤 맞아요. 대학교 가려고 한국에 왔는데, 필수 교양 과목 강의실이 3층인데 엘리베이터가 없는 건물인 거예요. 그래서 교무처로 가서 "강의실 바꿔 주세요." 그랬어요. 그랬더니 뭐라 하냐면, "학생 하나 때문에 우리 강의실 못 바꿔, 다음에 들어." 이러는 거예요. 순간 와, 진짜 멘붕이. 잊을 수 없어요.

지우 항의하고 바꿔 달라고 하는 사람을 되게 예민하고 신경 써야 하는 사람 취급할 때가 많잖아요.

서윤 시스템에 반하는 사람처럼 얘기하죠. 그러고 나서 또 참지 못하고 장애학생 지원 센터에 가서 막 얘기를 했어요. "이러이러한 상황으로 지금 이런 일이 벌어졌다. 앞으로는 장애학생 지원 센터에서 강의실 층수나 이런 것들을 좀 고려해서 미리 안내해 주면 좋겠다."

다행이었던 게 그 센터에 상주하는 직원이 저희 선배님이었던 거예요. 사회복지과 선배님이셔서, 그분이 그걸 접수하고 그다음 해부터는 수강 신청 후 센터에서 일괄적으로 교실을 확인했어요. 만약 엘리베이터가 없는 건물에 강의실이 배정되면 센터가 교무처에 요구해서 바꿔 주게 됐어요. 저는 늘 문제, 요주의 인물이었죠.

"너 하나 때문에 바꿀 수는 없어."라는 말을 들었던 수많은 순간을 기억한다. 언니의 이야기는 달랐다. 항의할 문제가 있으면 항의하는 일, 학교가 학생의 이야기를 '사소한 민원'이 아닌 '개선에 대한 요구'로 진지하게 받아들이는 태도, 공동체 구성원들이 상의와 토론의 과정을 거쳐 보여 주기 식 해결책이 아닌 시스템을 만들어 가는 순간이 놀라웠다.

아니, 놀랍다기보다는 이제껏 내가 그리고 장애가 있는 학생들이 무언가 박탈당해 왔다는 생각이 들었다. 내 존재를 자연스레 받아들이고 더 함께하기 위해 고민하는 사람들과 시스템을 만나는 순간은 너무도 소중하고 중요하다. 장애와 함께 살아가는 어린 세대가 가능한 한 빨리 그런 순간을 마주해야 한다는 생각이 들었다. 시간이 지날수록 변화의 가능성을 체득하기 힘들어지고, 용기를 얻기는 더욱 어렵다는 것을 알기에 마음이 조급해지기까지 했다. "너 하나 때문에 바꿀 수 없다."라는 말을 들어 온 어린이와, "바꿔야 할 게 있으면 꼭 항의해야 한다."라는 말을 들으며 자라는 어린이의 미래는 너무나 다를 것이 분명하다.

꾸준한 환경, 변하지 않는 공기는 생각보다 우리 삶에 큰 흔적을 남긴다. 좌절하는 경험, 너는 안 된다며 참여를 배제당하는 순간, 항의했지만 바뀌지 않는 세상을 마주하는 장애어린이는 어떤 장애어른이 될까. 그런 순간들을 지나오게 했으면서 성인이 된 장애인들에게 이제 와 장애인의 적극적인 사회 참여를 독려한다는 문구를 선전하는 것은 모순 아닌가.

여태까지 너무 큰 것을 빼앗겨 오고 있었다. 돌려놓아야
한다. 그러면 얼마나 더 멋진 이들이 등장할까. 오소리 같은 언
니가 한순간에 자라지 않은 것처럼.

휠체어에서 떨어져 보고 굴러도 보고

지우 언니가 WLSC(Women Leisure Sports Club, 장애여성레저
스포츠클럽)를 만들어서 지금 활동하고 계시잖아요.

서윤 단체는 아니고 단톡방이에요. 저는 초등학교 때 이후로
는 재활 운동을 해 본 적이 없어요. 가끔 물리 치료실에 가서
한 6개월 하고 또 그만두고 이랬던 게 거의 전부인데, 그때마
다 느껴지는 게 뭐였냐면 '내가 환자 취급을 받고 있구나.'였
어요.

재활 치료가 아니라 운동을 하려고 해도 집 근처에서 전혀
할 수가 없는 거예요. 할 수 있는 것들은 대부분 신체적 기능
을 유지하는 운동이지, 향상시키는 운동이 없었어요. 스포츠
라는 게 되게 여러 가지잖아요. 재밌는 것들도 많고. 이것저것

해 봤거든요. 저는 고등학교 때 체육 수업에 다 참여했어요.

지우 (놀라는 소리) 어떻게 그게 가능했죠?

서윤 체육 선생님이 아주 혹독하게 너도 해야 된다고 했어요. 400m 계주도 막 시켰어요. 휠체어 타고 가라고. 맨 꼴찌로 들어오는데 다 했거든요. 축구해야 하는 날은 진짜 울고 싶은 거예요. "뭘 하라고……." 그랬더니 깃발 하나 던져 주면서 너 저기 가서 오프사이드 판정하고 있으래요.

근데 그런 경험들이 저한테 되게 중요했어요. 왜냐하면, 그러다 보니까 탁구해 봤지, 배드민턴했지, 농구했지, 피구했지, 계주도 하고, 피티도 하고, 수영도 하고, 축구도 하고…… 별의별 운동을 다 해 봤으니까 불가능한 스포츠가 없다는 걸 이미 알고 있었죠. 방법을 찾으면 된다는 걸 알고 있었어요.

장애인 대상 체육을 하는 곳에 가면 선수로 등록해야 훈련할 수 있다고 하는데, 저는 일을 하니까 선수까지는 아니고 취미로 운동을 하고 싶었어요. 그러던 즈음에 휠체어 탄 여성 세 명이서 주말에 브런치 먹으면서 이런 얘기를 한 거예요. "아니 도대체 운동할 데가 없어. 동네 필라테스를 갈 수가 있어, 피티를 할 수 있어?" 이런 성토대회를 열다가, "근데 내 친구도 그래." "내 친구도." 막 이렇게 된 거예요. 그러면 우리가 사람을 모으자. 우리끼리 정보를 공유하자. 스포츠 정보, 운동 정보뿐만 아니라 레저, 문화, 다 하자. 그래서 그냥 클럽 같은 걸 하나 만들게 된 거예요.

처음 세 명이 단톡방 열자마자 자기 주변 분들을 초대하고 그러면서, 어느 지역 사는지 알려 주면 거기 근처에 정보도 공유해 주고. 그리고 가끔 한 번씩 같이 경험해 보러 나가기도 하고 했어요. "사격장 가 볼까요?" 하면 어느 지역 사격장도 가 보고, "하키해 보러 갈까요?" 그럼 우르르 가서 하키 한번 해 보고.

어떤 분이 자기가 뇌병변인데 필라테스 할 수 있을지 모르겠다고 톡방에 올려요. 그러면 다른 사람이 "나 뇌병변인데 이미 필라테스 하고 있어." 이렇게 되는 거예요. 그러면서 서로서로 운동할 수 있고 건강할 수 있다는 자신감도 주고받고.

이게 왜 중요하다고 느꼈냐면, 물어볼 데가 없었어요. 알려 주지도 않아. 어떻게 보면 다들 이 없이 잇몸으로 사는 사람들인데, 잇몸으로 사는 사람들끼리 모여서 어떻게 잇몸으로 더 잘 살 수 있냐 이런 얘기들 하는 거죠.

운동에 대해서 막연한 관심만 있었던 분 중에 한 분은 본

격적으로 선수 생활도 해 보겠다면서 아이스하키 훈련을 계속 받으러 가기도 하고요. 근육 장애 있는 친구가 피클볼 치는 데 와서 한번 해 보더니 너무 재미있어 하는 거예요. 그 친구의 남자 친구가 탁구를 되게 좋아하고 라켓 스포츠를 좋아한대요. 같이할 수가 없어서 늘 그게 마음에 걸렸는데, 이건 정말 같이해 볼 수 있겠구나 하면서 둘이 같이 배우고 있어요. 상체 근력도 생기고 그러면서 너무 좋다고 얘기해 줘서, '건강하게 사는 법을 진짜 서로 공유해야겠구나.' 그런 생각 많이 하죠.

지우 사실 건강하게 산다는 게 장애인한테 되게 중요하잖아요. 어제 제가 팟캐스트 녹음하고 왔거든요. 진행자 선생님께서 장애인 건강권 얘기를 하시면서, 장애인은 그냥 원래 아픈 사람이라고 취급하니까 별도의 건강 기능 관리라든지, 신체 기능의 향상이라든지 이런 부분에 대해 너무 얘기가 없다는 이야기를 하셨는데 정말 공감됐어요. 장애인한테 운동이 왜 중요할까요?

서윤 정신 건강을 위해서라도 스포츠를 취미로 삼는 건 되게 중요하다는 생각이 들어요. 그냥 제 경험을 얘기하면, 운동

"하고 힘들면 포기할 거잖아?
포기할 때 하더라도 일단 해 보면 되지.
그러다 재밌으면 더 하면 되고."

체육관에서 피클볼 치는 서윤의 모습.
손에 라켓과 공을 들고 웃고 있다.

을 해야 잡생각을 안 해요. 이게 첫 번째. 집에만 있죠? 잡생각이 많아지거든요. 두 번째, 관계를 맺을 수가 있어요. 팀 스포츠, 예를 들어 배드민턴, 피클볼, 농구 이런 거는 처음에는 너무 낯설고 쉽지 않지만 어느 정도 궤도에 오르면 그 안에서 사회적인 관계가 형성되잖아요. 그리고 그걸 가장 안정된 공간에서 할 수 있고요. 나의 네트워크나 사회성을 만들어갈 수 있다는 것. 또 몸도 건강해지고요. 그래서 저는 스포츠가 진짜 좋은 여가 활동이라고 생각해요.

지우 생각해 보니까 누구랑 몸으로 뭘 같이 해 본 경험이 없는 것 같아요.

서윤 제가 만약에 고등학교 때 그런 체육 수업 경험이 없었다면 아마 피클볼 배우겠다고 얘기 안 했을 거예요.

지우 갑자기 장애청소년들이 너무 걱정되고…….

서윤 장애아동, 장애청소년 이 친구들은 휠체어에서 떨어져도 보고 굴러도 보고 진짜 액티브한 활동을 많이 해야 해요. 미국이나 다른 나라는 체육 수업에도 장애인 친구들이 되게 많이 참여해요. WCMX라고 해서 휠체어가 통째로 스케이트 보딩하는 게 있어요. 그런 묘기도 하고, 어릴 때부터 휠체어 타고 마라톤 같이 나가고 이런 기회가 많단 말이에요.

우리는 안 그렇잖아요. 꼬꼬마 열 살짜리가 "엄마 나 휠체어 농구할래." 이러면 "네가 무슨." 이렇게 우려, 걱정부터 하는데, 저는 이렇게 생각해요. 하고 힘들면 포기할 거잖아? 포기할 때 하더라도 일단 해 보면 되지. 그러다 재밌으면 더 하면 되고. 근데 그 기회마저 주어지지 않는 게 좀 슬프긴 하더라고요.

20%의 만족은 실패가 아니다

장애인이 실패할 수 있으면 좋겠다는 글을 쓴 적이 있다. 실패가 전제된 일을 시도하는 경험은 여유 있는 사람에게만 허락되고 때때로 그의 자산이 되기도 한다. 반면 어떤 이들은 실패하면 다시 시도할 기회를 찾기 어렵다. 한 사람의 실패가 집단 전체의 실패로 여겨지기도 한다. 장애인이 그렇다. 실패할 기회가 없는 상황에서 최대한 안정적인 결과만을 찾아야 하는 장애인은 자꾸만 자신의 가능성을 축소한다.

장애인이 실패했으면 좋겠다. 그리고 다시 할 기회가 주어지면 좋겠다. 언니는 포기할 것을 알면서도 해 보라고 말한다. 언니에게 실패는 무엇일까. 이번 글은, 실패를 바라보는 언니의 말로 마친다.

서윤 할 수 없다는 게, 100을 다 할 수 없는 게 아닐 거예요. 100 중에 20은 되고 80은 안 될 수도 있어요. 그러면 20의 가능성을 두고 '이걸 스스로 바꿔 볼 것인가, 20에 만족할 것인가, 아니면 80이라는 불가능 때문에 그냥 포기할 것인가'는 선택의 문제인 거죠. 그건 선택이지 좌절이 아니거든요. 근데 대부분 좌절이라고 생각해요.

운동의 종류는 진짜 많잖아요. 저는 수영을 늘 포기해요. 수영장에서 사고가 났고, 그래서 물을 진짜 무서워하거든요. 근데 할 수 있는 유산소 운동이 많지 않으니까 때때로 여름에 수영장에 가서 수영을 해요. 부력 벨트가 없으면 전 물에 못 들어가요. 무서워서. 그래도 수영장은 가요. 킥판 잡고 레일을 왕복하지 않아도 상관없어요. 그냥 물에 들어가서 움직이지 않았던 내 폐를 활동시키고 어느 정도 유산소 운동을 했다는 느낌, 그걸 느끼고 나올 수 있다면 그걸로 저는 됐거든요. 괜찮아요. 바닷가에서는 보트 타고 튜브 타면 되잖아요. 그 정도로 저는 만족이 된다는 거예요. "나 수영 못해. 근데 물에 들어가는 거 좋아해."라고 얘기할 수 있죠.

지금 같이 피클볼 치는 친구들 중에도 근육에 힘이 없어서 사실상 경기를 할 수 없는 친구들도 있어요. 제가 그 친구들한테 계속 "네가 어느 정도면 만족할 수 있는지 고민하고 연습하면 된다."라고 얘기해요. 경기를 못 뛴다고 해서 실패했다고 생각하지 않으면 좋겠다고 하거든요. 또 하다 보면 실력이 늘고, 정말 안 될 줄 알았는데 되는 친구들도 있어요. 어떤 친구는 처음에는 휠체어에 팔꿈치가 붙어 있는 거예요. 불안하니까. 근데 패들링 하고 싶으니까 연습하다 보면 팔꿈치가 떨어져요. 그것만으로도 성취죠. '실패했다, 좌절했다.'라고만 생각하지 않으면 될 것 같아요.

우리의 섹스는
즐겁고 안전해야 하니까

장애여성의 쾌락

몸을 탐색하기

열여덟, 몸의 가능성을 마주한 순간

장애를 이야기하는 많은 경우, 장애인의 몸은 지금 여기가 아닌 시공간으로 멀리 떠나고 만다. 장애를 가지게 된 순간을 부각하는 질문은 장애인의 몸을 저 먼 과거에 내버려두고, 장애의 치유를 바라는 소망은 장애가 제거될(오지 않을지도 모르는) 시점으로 몸을 전송한다. 나 역시 몸을 그대로 바라보지 못했다. 어느 순간은 넘어서야 할 한계로, 나를 구속하는 사슬로, 또 언젠가는 원동력이자 깨달음을 주는 수단으로 여겼다.

몸이 관념 너머로 불쑥 튀어나와 존재감을 드러낼 때면 도대체 어떻게 이해해야 할지 헤매곤 했다. 아픈 몸, 쾌락을 주는 몸, 부끄러운 몸, 강직이 있는 몸, 피 흘리는 몸, 냄새 나는 몸, 제멋대로 뻗치는 몸, 따뜻한 몸, 차가운 몸……. 수많은 몸을 감지할 때마다 화들짝 놀라고 피하는 순간의 연속이었다. 몸은 내게 자랑스러움보다는 예측 불가능하며 때때로 수치를 안겨 주는 것에 가까웠다. 제대로 설명되지 않고, 아무도 말하지 않는 몸은 상황을 더 어렵게만 만들었다.

내 몸에 대해 말하기 시작한 건 서윤 언니를 만나고부터다. 열여덟, 남자 친구가 생겼다는 내 말에 언니는 "피임은 잘하고, 19금 이야기는 어른 되면 해 줄게."라고 말한 적이 있다. 그 말에 머리가 번쩍 밝아지는 듯했다. 내 몸이 할 수 있는 여러 행동 중 하나를 자연스레 발화하는 문장을 접한 순간이었다. 언니의 말 속에서 몸은 감추거나 숨겨야 할, 혹은 폭력과 억압을 피해 얌전히 두어야 할 대상이 아니었다. 다른 몸과 만나고, 다른 몸을 쓰다듬거나 충분히 쓰다듬어져야 하는 존재였다. 어디에서도 만날 수 없었던 설명 한 줄을 발견한 기분이었다. 물론 그냥 야한 얘기를 듣고 싶었기 때문에 반가운 마음도 있었다.

이제 나는 열아홉을 훌쩍 넘기고 스물셋이 됐다. 하지만 언니가 해 주는 19금 이야기는 여전히 듣고 싶었다(인터뷰가 길어지고 야한 얘기(?)가 시작되니 자연스럽게 존대와 반말이 섞인 대화가 되었다. 그 느낌이 좋아 말을 고치지 않았다. 읽는 분들의 양해를 구한다).

초록의 나뭇잎이 드리운 공원 길에서
노란 단발머리에 초록색 니트를 입은 지우와
검은색 긴 머리에 흰색 블라우스를 입은 서윤이
나란히 휠체어를 타고 가며 이야기 나누는 뒷모습이 보인다.

내 몸을 탐색하기, 탐색하게 하기

지우 저 스물셋이에요. 이제 해 줄 수 있는 19금 이야기가 있다면?

서윤 진짜 내가 질문지 보고 깜짝 놀랐네. (웃음)

지우 (웃음) 진짜 필요해요.

서윤 필리핀에서의 학창 시절이 황금기라고 얘기하는 이유가, 나는 학교에서 성교육을 정말 철저히 받았고 또 언니들이 주변에 있었어. 예를 들어 피임 문제, 성에 관한 부분에 해박한 지식을 갖고 있는 사람들이 알려 줬단 말이야. 기본적으로 건강하게 성생활하는 법이나 어떻게 내 몸을 지키는지를 학생 때부터 잘 알게 됐지. 근데 되게 안타까웠던 건 대학교에 갔더니 주변 친구들이나 여자 동생들 혹은 후배들은 그렇지 못한 거야.

남자 친구랑 사귀면서 성생활을 하는데 왜 해야 하는지 모르겠대. 그게 무슨 말이냐고 했더니, 그런 상황이 연출될 때 자기는 전혀 즐겁지 않고 왜 이러고 있어야 하나 그런 생각이 든다는 거야. 그게 너무 충격적이었어. 그래서 "야, 그거는 한 끗 차이로 범죄야!" 이렇게 얘기했더니 이해를 못 하데. 그런 경우가 걔만 있는 줄 알았는데 여럿이 있는 거야. 그러니까 나는 막 미치겠더라.

봉사 활동 하면서 십 대들을 몇 명 만나 봐도, 이 아이들 입장에서는 돈도 없을뿐더러 "피임은 그냥…… 콘돔 없어도 되는 거 아니에요?" 이런 식으로 얘기하는데 막 멘붕이, 멘붕이. 그런 걸 이미 몇 차례 겪고 있던 찰나에 지우를 만났는데 아직 고등학생이었으니까. 그래서 그 얘기를 했던 거지. "네 몸을 네가 잘 지켜라."

지우 지금도 안 변했어요.

서윤 지우한테 너의 몸을 잘 지키는 법, 그리고 즐기는 법을 이야기하고 싶었어. 파트너와 즐겁게 관계 맺기를 기대했던 거지. 왜냐하면 장애가 있는 여성으로서는 그 고민을 할 수밖에 없어요. 근데 대부분 어떻게 얘기하냐면 내가 '여성'으로서 인정받을 수 있는지가 중요한 거야. 나의 '여성성'을 인정해 주는 사람을 만나기를 기대해요.

그러다 보니까 어떤 문제가 있냐면 나를 성적인 상대로 여기는 사람을 만나면 파트너가 성적 학대를 하든 뭘 하든 견디는 사례가 있는 거예요. 지우 만날 즈음에 장애여성 인터뷰를 하면서 그런 얘기를 많이 접했기 때문에, 여러 사례를 봐서 더 그렇게 얘기했던 것 같아요.

지우 장애여성들이 경험할 기회가 많이 없고, 참고하기도 어려우니 더 그런 일이 생기는 것 같아요.

서윤 다행인 건 제가 영어로 뭔가를 검색할 수 있잖아요. 예를 들어 '척수 장애가 있으면 건강한 성생활을 할 수 없나?' 이런 게 궁금해지는 거예요. 한글로 찾으면 안 나와. 그럼 이제 영어로 찾아야지. 찾아봤더니 해외에서도 그런 고민을 하는 사례들이 있는 거예요. 부부 사이에서 성생활을 해야 하는데 어떻게 할 수 있나 같은 내용들. 그런데 대개는 어떤 포즈로 할 수 있는지, 어떻게 하면 덜 힘들게 할 수 있는지 이런 내용만 있어.

지우 그 정도만 해도 정보가 많은 것 같은데?

서윤 고민이었던 게 뭐냐면, 되게 남성 중심적인 사고로 표현

되고 있다고 생각했어요. 예를 들어서 '남성 비장애인의 경우에는, 파트너가 여성 장애인일 때 어떤 포즈로 어떻게 하면 된다.'라고 되어 있거나, 아니면 '남성이 장애인이고 여성이 비장애인의 경우에는 여성 파트너가 어떻게 해야 한다.' 이렇게만 나와 있는.

지우 비장애인이 '해 줘야' 하는 거라는 건가요?

서윤 비장애인이 해 주거나 혹은 '남성의 쾌락'을 위해서 어떻게 해야 할지가 쓰여 있는 거죠. '그럼 여자는?' 이 질문이 있었어요. 근데 거기에 대한 명백한 해답이 없었어요.

　고등학교 때 받았던 성교육의 핵심은 '자기 몸을 스스로 잘 탐색해라. 내 몸을 내가 다 케어링 해야 한다.'였거든요. 그때부터 그냥 이렇게, 몸을 만져 봤어요. (팔, 다리를 쓸면서) 여기까지 감각이 있나? 조금 더 범위를 넓히면 여기에도 감각이 있나? 이런 식으로 만져 봤어요. 그랬더니 진짜 요만큼, 손가락 두 마디 차이로 여기는 감각이 있는데 바로 옆에는 감각이 없어. 이런 데도 있고. 앞면이랑 뒷면이랑 감각의 부위 차이도 있고. 이런 부분을 다 캐치해야 하는 거예요. 심지어 중요한 부위도 이렇게 만져 보면, 어디는 되고 또 안 되

고 이런 것들이 있잖아요. 그럼 그걸 내가 알고 있어야 하는
거죠. (성관계) 포즈나 이런 것들은 나는 외국 걸 봤지. '저게
돼? 저게 돼?' 막 이러면서. (웃음)

지우 오. 그런 게 있구나, 신기하다!

서윤 아니 야동이 없으니까 그거라도 봐야지! 막말로 휠체어
탄 사람이 하는 야동이면 내가 봤겠지, 없는데 어떡해! 제가
찾은 건 교본 같은 거였어요. 실제 부부인데 여자분이 장애
가 있고 남자분이 없는데, 그 교본을 만들기 위해서 묘사를
하는 거죠.

지우 너무 신기하다. 세다.

서윤 되게 짧은 교본이었는데 그나마 다행이었던 건, 여자분
이 장애가 있어서 내가 겪었고 고민했던 그런 얘기들을 해
줘서 좋았어요. 근데 실전은 그렇지 않잖아요. (웃음) 실전은
우당탕탕. 처음에는 뭐 그렇죠. 하지만 장애 여부를 떠나서
어떤 파트너십이 생기고 할 때는 다 그런 프로세스가 있을
거라는 생각이 들고.

"남성의 쾌락을 위해서
어떻게 해야 할지가 쓰여 있는 거죠.
그럼 여자는? 이 질문이 있었어요."

풀숲의 억새 사이로 대화를 나누는 서운과 지우의 모습이 보인다.
먼 곳을 응시하며 이야기에 집중하는 서운을 지우가 바라보고 있다.

지우 저도 이제 다 컸…… 는지 모르겠지만? 컸잖아요. 여전히 고민이에요. 내 몸에 대해 잘 모르겠고, 누구도 아무것도 얘기를 안 해 주니까. 저는 섹스에 대해 생각할 때 제일 걱정됐던 게 뭐였냐면, 이상적이고 매력적인 몸매라고 여겨지는 기준이 있잖아요. 장애가 있으면 그걸 벗어나는 경우가 많잖아요. 저도 그렇고. 옷으로는 어떻게든 커버가 되는데 다 벗고 나면, 너무 매력적이지 않은 몸을 들켜 버릴까 봐 무서웠어요.

서윤 근데 그런 것 같아요. 물어봐야 하는 것 같아. 결국엔 파트너에게, "내 몸은 이러하고, 너는 이런 나의 몸이 괜찮냐." 라고요. 당신이 괜찮냐는 게 '허락해 주세요.'라는 의미가 아니고, 내 몸에 대해 일단 설명해야 한다는 거죠. 파트너도 처음으로 나의 몸을 보는데, 우리가 흔히 말하는 티비에 나오는 '예쁜 몸매' 이런 게 아니고, 더군다나 신체적 구조가 조금은 다르잖아요. 그럼 '아, 이런 몸을 가졌구나.' 할 수 있게, 이 사람에게도 장애가 있는 나, 지우의 몸을 탐색할 수 있는 시간을 줘야 해요.

그러면 어떤 부위는 정말 예뻐 보일 수도 있고, 어떤 부위는 귀여울 수도 있고, 어떤 부위는 되게 뭐 측은할 수도 있고.

별의별 감정이 다 들 거 아니에요. 그 사람도. 그럼 이제 소화하는 건 그 사람의 몫인 거고.

지우 정말 너무 중요한 것 같아요.

나는 언젠가 연인과 '돌봄이 필요한 몸'과 '매력' 사이의 관계에 대해 서간문을 주고받은 적이 있다. "지퍼를 올리거나 바지에 다리를 끼워 달라고 하는, 겉옷을 벗겨 달라는 요청은 매력적일 수 없지 않냐."라는 내 질문에 이런 응답이 돌아왔다.

당신의 편지에서 매력은 개인의 의존 여부와 연관이 있는 것처럼 묘사됩니다. 지퍼를 올리거나 바지에 다리를 끼워 달라고 할 때, 겉옷을 벗겨 달라고 요청할 때 당신의 매력이 위기에 처하는 것처럼요. 그런데 딱히…… 제 감각은 그렇지 않습니다. 그러니까 당신이 지퍼를 스스로 쓱쓱 올리고 청바지도 혼자 잘 입고 패딩도 휙 벗어 던질 수 있는 주체-독립적인 여성이 되면 매력이 보존될 확률이 높아질까요? 저에겐 딱히 영향이 없을 것 같습니다. 그건 서로의 매력에 대한 인식을 제고하는 일이기보다는 관계의 순간이 그냥 소멸되어 버리는 것이 아닐까, 생각합니다. 마루 씨와 제 관계의 한 부분은 이런 순간들의 시답잖은 조크와 접촉에 기반하기 때문에, 그 부분이 사라진다면 저는 외려 아쉬울 것 같습니다.

나는 그의 글이 '당신의 장애까지 포함해 널 사랑해.' 혹은 '우리 사이 장애는 아무것도 아니야.'라는 식의 답변이 아니라서 좋았다. 그는 우리 사이에 분명히 존재하는 불균형적인 돌봄의 순간들을 인정한다. 하지만 그 돌봄의 균형을 맞추려고 시도하거나(예컨대 '내가 당신을 돕는 만큼 당신도 나를 돕고 있어요.'라고 말하는 것) 내가 돌봄이 필요 없는 주체적인 여성이 되길 바라지 않는다. 외려 그렇게 되는 것을 "관계의 소멸"로 보며, "아쉬울 것 같다."라고 언급한다.

서윤 언니의 이야기를 들으며 그 편지를 떠올렸다. 언니는 무엇보다 '탐색'의 순간을 내게 알려 주었다. 나도 잘 모르는 내 몸을 하나하나 쓸면서 만져 보고, 몸의 부분마다 어떻게 다른지 느껴 보고, 설령 마비가 있는 곳이라고 해도 어떤 감각을 주는지 탐색해 봐야 한다고. 그리고 나만큼 내 몸을 알아야 할 상대가 있다면, 그에게도 내 몸을 탐색할 수 있는 시간을 주라고.

장애를 외면하지 않고, 그렇다고 압도되지도 않고, 장애가 있는, 그저 들어찬 몸을 만지는 경험이 필요하다고 느꼈다. 그럼 그저 거기에 존재하는 몸은 때때로 내게 쾌락을 줄 것이고, 때로는 소중하고 고유한 순간을, '소멸한다면 아쉬울 순간'을 선사할 것이다.

힌트가 되고 싶은 마음

지우 지민이랑 있을 때 언니를 왕언니라고 했거든요. 카데터 어려움이 있을 때도 언니가 "하면 돼요. 저도 했어요." 이렇게 말해 준 게 지민이한테 큰 힘이었대요. 언니는 동생들한테 아는 걸 다 전해 주고 자기가 뭔가 해 보는 스타일인데, '왕언니' 하는 게 안 힘든가요?

서윤 아니 힘들다니까, 너무 지친다니까! (웃음) 고단해. 솔직히 말하면 힘들지. 근데 지금 어린 장애 친구들도 분명히 나와 같은 시기를 겪을 텐데, 해답지는 아니지만…… 그래도 참고할 수 있는 힌트가 있으면 더 편하게 살 수 있을 것 같은 거야. 내가 아는 정보도 시간이 지나면 옛날 게 될 테니까 지금 좀 공유하는 게 낫지 않나. 그런 생각에서 전달하는 거고.

그런 것도 있어요. 내가 한국에서 엄청나게 많이 받았던 차별, 길거리만 나가도 쳐다보는 시선이나 식당에만 들어가도 '얘가 왜 여기 와 있어?' 같은 눈빛을 알기 때문에 나보다 어린 친구들이 최소한 그런 건 안 겪었으면 좋겠고. 그냥 같이 어울려 살면 좋겠어요. 예를 들어 비장애인 친구들이랑 앉아서 연애 얘기를 해도, 그 안에 장애와 관련한 얘기를 나눌 수 있는 사람이 없어. 그럼 늘 경청자밖에 못 하는 거예요. 근데 비슷한 사람들끼리 있으면 경험이나 고민을 나눌 수 있고 또 다음 사람에게 그 얘기를 해 줄 수 있잖아요.

누군가 지난 시절을 떠올릴 때 '그때 참 너무 힘들어서 울고 싶었고 좌절했다.'로 기억하기보다는, '뭔가 어려움이 있었는데 그래도 서윤 언니가 얘기해 줘서 좀 잘 됐다, 편하게 됐다.' 그냥 이 정도면 저는 된 것 같아요. 그런 점에서 왕언니보다는 좀 타이니한 언니, 참고가 되는 언니가 되면 좋겠어요. 일상에서 별로 마주할 일은 없지만 가끔 인생에 점처럼 찍혀 있는 언니가 되고 싶어요.

언니는 '엄청나게 많이 받았던 차별'을 기억한다. 하지만 그 기억은 실패가 아니라 다음 세대에게 전달할 '힌트'가 되어 남는다. 언니는 장애인 정책을 공부하는 사람이기도 하다. 어릴 때부터 제도가 얼마나 사람을 차별하는지 겪었고 지금도 많은 장애인이 비슷한 처지에 놓여 있음을, 제도가 바뀌지 않으면 문화도 사회 시스템도 바뀌지 않는다는 사실을 너무 잘 알기 때문이다.

정책과 현실의 이음새를 넓히고 단단히 하기 위해 언니는 공론장에서 목소리를 높인다. '청년-여성-장애인'이라는 정체성은 정치판에서 소모품처럼 쓰일 위험이 높지 않느냐는 질문에 언니는 "교차하는 정체성이 저는 나쁘지 않아요."라고 대답했다. "그 영역에서 다할 수 있는 걸 다하고 있는 사람"이라고 덧붙이기도 했다. 언니는 청년 정책을 논의하는 곳에 가서 여성과 장애인 이야기를 한다. 여성 정책을 살필 때 장애 다양성을 고려해야 한다고 목소리를 드높인다. 장애정책을 세울 때 장애청년을 생각해야 한다고 끊임없이 상기시킨다. 언니가 보탠 목소리는 다른 목소리들과 모여 장애청년 의제가 정책 논의의 한 영역을 차지하는 풍경이 늘어 가고 있다.

삶의 마지막까지 선택할 수 있기를

지우 언니의 삶이 많이 남아 있잖아요. 언니도 앞으로 나이 들어갈 삶이나 선배들에 대해 여전히 궁금한 게 있지 않을까 하는 생각도 들거든요.

서윤 저는 사실 언니들의 이야기보다는, 요즘에는 '어떻게 잘 죽을 것인가.' 하는 고민을 많이 해요. 장애가 있는 분 중에 건강하게 노후를 맞이하는 분들이 많지 않아요. 그러면 나도 그럴 거잖아. 그동안 여러 수술을 많이 해 와서…… '이제 진짜 사이보그가 따로 없다.' 이런 생각도 하거든요. 언제 죽을지 모르겠지만 나이가 들면 어떤 선택을 할 것인가에 대한 고민이 생기긴 했어요.

맨날 우스갯소리로 "나는 마흔 번째 생일날 디그니타스에 가입할 거야." 이랬거든요. 디그니타스는 스위스에 있는 안락사 단체예요. 이 문제를 진지하게 고민하고 있어요. 내 삶을 어느 시점까지로 볼 것인지, 어떤 기로에 놓인다면 내가 선택한다는 마인드 셋을 가지고 싶은 거예요. 그래서 고민하게 되고요.

언니와의 인터뷰를 끝내고 함께 피클볼을 치러 갔다. 언니는 피클볼이 너무 재미있어서 3급 지도자 자격증까지 땄다고 했다. 휠체어 탄 사람 중 지도자 자격증을 딴 국내 1호 사례였다. 언니는 다른 자격증도 많은데, 많은 순간 '자격증 보유자 중 휠체어 이용 장애인 1호'가 됐다. 피클볼을 배우며 생각했다. 언니가 디그니타스에 가입해서 삶을 마감하게 되면 그때도 1호가 될까. 자꾸만 공을 떨어뜨렸다.

언니는 내게 "나는 처음 배울 때 더 최악이었어."라고 말하며 공을 주워다 줬다. 언니한테 오래 피클볼을 배우고 싶었다.

다른 것들도 계속해서 배우고 싶었다. 언니가 나이 들어가며 겪을 일을 뒤따라 통과할 내게 계속해서 힌트를 전해 주면 좋겠다. 그냥 그렇게 생각했다.

"장애가

─ 엄마가 ─

─ 일도 ─

박다온

1979년생. 선천성 뇌성마비를 안고 여름에 태어난 여자 사람.

평범함이 허락되지 않아 더욱 특별하게 살아온 모험가이자 도전가.

그 모험과 도전 속에 가장 귀한 보석을 찾아 지켜 나가는 한 아이의 엄마다.

"익숙해지듯 — 되는 — 익숙해져요."

자부심으로 중심을 잡는 사람, 다온

우수 영업 사원
전국을 누비다

장애인의 노력

장애인을 위한 디자인

동족의 냄새

나는 작은 유튜브 채널을 운영한다. 몇 년 전부터 꾸준히 댓글을 달던 범상치 않은 닉네임의 구독자가 있었다. 그의 닉네임은 '휠어로'. 내 채널을 구독하고, 이름은 휠어로라니? 동족의 냄새가 났다. '이 사람, 장애인이다.' 휠체어와 히어로를 조합한 이름이 아닐까 짐작했다. 댓글 내용을 보니 나와 비슷한 장애가 있는 것 같았다. 언니 집착 레이더가 작동했다.

그의 프로필을 클릭하자 중년 여성의 셀카 사진이 보였다. 프로필에는 '뇌성마비, 엄마, 사업가, 유튜버, 40대 아줌마'라는 소개가 적혀 있었다. 본인에 대한 설명을 주렁주렁 달고 있다는 점에서도, 가장 먼저 등장하는 '뇌성마비'라는 정체성에서도 교집합을 발견했다. 그런데 뇌성마비 뒤에 이어지는 명칭은 사뭇 낯설었다. 엄마, 사업가, 40대? 내게 언젠가 주어질 수도, 아닐 수도 있는 이름이었다. 비슷한 몸, 그러나 영 다른 이름들. 그의 삶이 궁금해졌다.

사실 그보다 그가 판매하는 가방을 먼저 만났다. 본인이 대표로 있는 장애 패션 브랜드 '이게나야'에서 판매하는 '이나백'을 선물하고 싶다는 메일을 주었기 때문이다. 마침 유럽 여행을 앞두고 있었는데, 짐 문제로 머리가 아프던 참이었다. 허리에 매는 가방은 용량 한계가 있고, 휠체어 뒤에 걸린 배낭을 열려면 옮겨 앉을 의자를 세팅하고, 의자에 옮겨 앉고, 휠체어를 뒤로 돌리고, 가방을 열고……. 지난한 과정을 거쳐야 한다.

그런데 뇌성마비가 있는 사람이 만든 가방이라니. 제품의 상세 페이지를 보지 않아도 편할 것 같다는 생각이 들었다. 평소에는 협찬 제품이나 선물을 잘 받지 않지만 이번에는 염치 없이 냉큼 가방을 받겠다고 답장을 보냈다. 그렇게 집에 도착한 네모난 가방은 아이패드가 넉넉히 들어갈 만한 크기에 찍찍이 스트랩이 달려 있었다. 휠체어 옆 손잡이에 단단히 스트랩을 두르면 혼자서도 편리하게 사용할 수 있었다. 나는 하늘색 이나백과 함께 유럽으로 떠났다. 스위스와 독일을 거치는 동안 가방은 휠체어 프레임에 딱 붙어 참 많은 짐을 보관해줬다. 자주 필요한 것들만 쏙 넣고 다니니 그리 편할 수가 없었다.

꾸준히 댓글을 달고, 갑자기 가방을 선물하겠다며 메일을 보내고, 가끔은 댓글과 디엠으로 부담스러운 애정을 표현하는 '40대 아줌마'는 어떤 사람일까. 같은 길을 지날지 아닐지는 모르지만 그가 경험해 온 시간이 궁금했다. 가방을 받을 때 저장해 둔 연락처를 찾아 대뜸 카톡으로 인터뷰 요청 메시지를 보냈다. '휠어로 님'이라고 호명하는 나에게 그는 이렇게 답했다.

"근데 나는 언니 하긴 양심 읍고 이모 정도로 호칭 정리 어때요?^^"

나는 어색하게 몇 번 이모라고 부르다가, 이번 글에서는 그를 '다온 언니'로 부르기로 결심했다. 이 인터뷰에서는 다 언니. 내가 그렇게 정했다.

뇌성마비시죠?

지우 자기소개를 부탁드려요.

다온 뭐 어떻게 소개를 해야 하지? (웃음) 요즘에 소개할 때는 '이게나야' 대표, 한국 나이로는 1979년생이니까 마흔여섯 살, 열여덟 살 딸을 둔 아줌마. 보통 그렇게 얘기해요. 제일 큰 타이틀이 엄마니까.

지우 뭐부터 여쭤봐야 할지 고민이 많았어요. 먼저 쭉 어떻게 살아오셨는지가 너무 궁금하더라고요. 정확히는 모르지만, 장애가 저랑 비슷한 느낌이 좀 있었는데…….

다온 나도 지우 양한테 관심을 많이 가졌던 게, 같은 뇌성마비잖아요.

지우, 다온 (동시에) 뇌성마비시죠?

지우, 다온 (웃음)

다온 그러니까, 내가 볼 때 자기랑 나랑 너무 비슷한 거지. 장애 정도도 비슷하고, 내가 지우 양만 할 때 생각이 많이 나는 거예요. 거의 6년에 걸쳐서 팬이었잖아요. 계속 어떻게 좀 친해져 보고 싶은데 끈이 안 닿는 거지. 해 줄 말이 되게 많을 텐데, 왜냐하면 똑같은 장애를 안고 살아가는 사람이니까. 삶의 문제들은 다르겠지만, 장애에 대해서는 거의 비슷한 정도로 나아갈 거란 말이지. '저 나이대에 누가 가이드를 해 줬으면 나도 지금 조금 더 잘 살지 않았을까?' 이런 생각도 들고 지우 양이 궁금했어요. 그러니까 자주 연락해도 돼요. 연락해 주면 좋을 것 같아요, 고마울 것 같아요.

146

검은색 원피스를 입은 다온이 두 손을 모으고 웃고 있다.
금발로 탈색한 단발머리에 눈이 비치는 보라색 렌즈의 선글라스를 끼고 있다.
전동 휠체어를 타고 있다.

흔한 '장애인식 개선'® 어쩌고 수업에서는 초면에 상대의 장애에 관해 묻는 것은 실례라고 가르친다. 많은 순간 틀린 말은 아니지만, 인터뷰 시작과 동시에 우리는 질세라 "뇌성마비죠?"를 외쳤다. 대뜸 나의 장애를 짐작하는 질문을 들으며 이리도 반가운 적은 처음이었다.

그는 내 영상에서, 나는 그의 사진과 포스트에서 어렴풋이 같은 냄새를 맡았다. 조금 느리게 움직이는 몸과 꺾인 관절, 좁은 어깨와 드문드문 드러나는 강직이 눈에 걸렸을 때, 가장 먼저 느낀 건 다름 아닌 반가움이었다. 대뜸 내게 뇌성마비냐고 묻는 사람을 반가워하고, 나 역시 뇌성마비인지 되물으며 자긍심을 느낄 수 있다니. 새로운 감각이었다.

그래야지 살아남더라고

다온 나는 뱃속에서부터 이렇게 타고났다고 그랬거든요. 우리 때는 집에 갇혀 있는 시대였어요, 장애인이기 때문에. 우

® '개선'이라는 말은 대상의 상태가 지금은 부족하거나 잘못되었음을 전제한다. 장애인식에 관해 이야기하는 자리에서 장애인식이 이미 나쁘다고 전제하는 것이 좋은 접근법이라고 생각하지 않아 나는 이 말을 지양한다.

리 부모님은 다행히 사랑이 많으셔서 나를 가둬 놓고 키우지 않으시고 계속 바깥으로 내보내셨어요.

그럼에도 불구하고 통념이라고 해야 할까, 사회적인 분위기는 어땠냐면…… 초등학교 때 특수학교를 못 찾아서 1년을 늦게 들어간 케이스거든요. 옛날에는 뭐 인터넷이 발달하지도 않았고, 우리 집은 또 많이 가난한 편이라서 엄마가 정보를 얻으려고 뛰어다닐 여유조차 없었어요.

아홉 살에 특수학교에 갔는데, 스쿨버스를 놓치면 택시나 버스를 타고 학교에 가야 하잖아요. 엄마가 택시를 타려고 하면 아침에 재수 없게 장애인이 탄다고 안 태워 주는 거예요. 그래서 엄마가 나를 업고 버스를 타. 버스에 타면 사람들이 "버르장머리 없어지게 다 큰 애를 업고 다니냐." 이렇게 뭐라 하고 그랬어요. 그리고 엄마도 힘드니까, 우리 엄마도 덩치가 조그마하시거든요.

지우 뭔지 알아요. (웃음)

다온 지우 엄마도 작잖아요. 그렇죠? 우리 엄마도 딱 그 정도 덩치인데. 초등학교 1학년 애를 등에 메고 다니려면 힘드니까, 포대기 채로 의자에 앉잖아요. 그러면 다른 사람들이 사

149

람들 엉덩이 닿는 데 신발 닿는다고, 애를 왜 거기다 앉히냐고 또 핀잔을 줬어요. 진짜 갖은 수모를 다 당하면서, 그런 시대에 살았어요. 그런데도 다행히 엄마가 "너 때문이야."라는 말을 한 번도 안 했던 것 같아요. 그래서 나도 '나 때문에 엄마가 고생한다.' 같은 생각은 별로 안 하고 컸어요.

그러다가 초등학교 3학년 때 일반 학교로 전학을 갔거든요. 그때 특수학교는 교과서 자체가 다르게 나왔어요. 2학년 때 담임 선생님이 이 교과서로 고등학교까지 배우고 사회로 나가면 격차가 너무 많이 벌어질 테니까 힘들어도 지금 일반 학교로 가라고 하시더라고요. 일반 학교에 가도 장애학생은 무조건 특수반으로 가야 하는 때였어요. 그런데 선생님이 교무실 가서 일반 반에 넣어 달라고 우겨라. 뭐 이렇게 말씀하셨던 걸로 기억해요.

전학 간 학교 교무실에 갔는데, 교장, 교감 선생님이 초등학교 1학년 국어책을 앞에 툭 던져 줘요. 엄마 보는 데서 애 앞으로. "이거 처음부터 끝까지 한 번에 읽으면 3학년에 넣어 주고 중간에 끊기면 너 특수반 가야 해." 이렇게 된 거야.

지우 (놀라는 소리)

다온 억울하잖아요. 울면서 처음부터 끝까지 진짜 쩌렁쩌렁, 내가 낼 수 있는 한 있는 힘껏 목청을 다해서 읽었어요. 근데 사람 인연이 정말 귀한 게, 그때 3학년 담임을 맡고 있던 선생님이 지나가시다가 그걸 본 거예요. 그 선생님이 "교장 선생님, 이러시는 거 아니죠. 제가 데려가겠습니다." 그랬어요. 그래서 일반 반에 들어가고. 그때는 내가 독기가 빡 올랐을 거잖아요. 들어가자마자 전교 1등 한 번 딱 찍고 그다음부터 공부 안 했지. (웃음)

다온 언니와 내가 살아온 시대는 22년 정도 차이가 난다. 알 것 같은 환경과 상상도 안 되는 이야기가 언니의 말 속에 섞여 있었다. 나는 연결감을 느끼다가도 아득해졌다.

수도 없이 택시 승차 거부를 당해 봤지만 욕하며 내쫓는 기사를 만난 적은 없었다. 선심 쓰듯 "일주일에 세 번 정도만 나와도 되고."라고 말하는 유치원 원장은 만난 적 있어도 교과서를 던지며 그걸 다 읽지 못하면 반에 끼워 주지 않겠다는 선생을 만난 적은 없었다. 그야말로 풍파를 헤쳐 온 언니의 이야기를 들으며, 세상이 많이 달라졌다는 생각과 그럼에도 세상 참 변하지 않는다는 생각을 동시에 했다.

쩌렁쩌렁 교과서를 읽고 보란 듯이 공부하며 자신의 존재를 증명하는 어린이가 낯설지 않았다. 어떤 마음으로 그 시기를 보냈을지 안다. 학창 시절 이야기를 들려주는 언니의 말에서 드문드문 아는 아이를 발견했다. 내 모습도 그러했으니까.

나의 엄마 현미는 어린 시절 내게 "지우는 몸이 불편하니까, 무시당하지 않으려면 공부 열심히 해야 해."라고 말하곤 했다. 공부를 잘하든 못하든 사람을 무시해서는 안 된다는 걸 알지만, 그때 나는 적당히 공부를 잘하는 아이였고 적성에도 맞아 좋은 성적을 받으려 노력했다. 아이러니하게도, 공부를 조금 잘하는 장애인은 '대단하다'라거나 '특별한 아이다'라는 식으로 추켜세워지곤 했다. 어떤 일을 하더라도 알맹이는 잘 보이지 않는 시간이었다. 나는 늘 두 가지 상반된 평가 사이에서 부유해야 했다.

다온 당시에는 장애인들을 혼자 두지 않는, 부모님이 무조건 따라다니는 시대였거든요. 그런데 우리 엄마는 교회 캠프 선생님이 나를 데리러 오면 집 앞에서 "선생님, 잘 부탁드립니다." 하고 그냥 보내셨어요. 그 정도로 하셨기 때문에 학교에 가서도 잘 싸웠어요.

난 목발 짚고 다니는데도 애들이 자꾸 외다리라고 놀리는 거야. 다리가 있는데, 다리가 네 갠데 심지어! "내가 왜 외다

152

리야, 난 너네보다 다리가 많아!" 이렇게 싸우고, 집에 가서 엄마 붙잡고 울고. 다음날 또 패기 넘치게 싸우고. 그러다 보니까 같이 싸워 주는 친구들이 생기고. 누구도 나를 건드리지 못하게 되고.

지우 그럼 중고등학교 때는 어떠셨어요?

다온 그냥 자연스럽게 다른 애들 크는 속도대로 크고, 싸울 때는 싸우고. 비행할 시기 돼서 같이 비행도 하고. 야자 땡땡이치고. 우리는 또 땡땡이치기 되게 좋잖아. 뭔 말인지 알죠?

지우 뭐지?

다온 부산은 산속에 있는 학교들이 많아요. 학교가 높이 있으니까 내려가려고 하면 목발 짚고 갈 수 있는 거리가 아니야. 그러면 교무실 가서 "선생님 제가 너무 아파서 그러는데, 퇴근하실 때 저 밑에 좀 떨가 주고 가세요." 그래 놓고 선생님이 떨어뜨려 주시고 가면, 거기서 버스 타고 해운대 넘어가서 난장하고. 다음 날 새벽에 바로 등교하고. (지우의 놀라는 소리) 그리고 그날 저녁에 엄마한테 엄청 혼나고. 특별히 장애 때문에 정체성이 혼란스럽고 이런 적은 별로 없었던 것 같고, 또 나쁜 일은 잘 까먹고 좋은 일은 오래 기억하는 성격이야. 그래야지 살아남더라고.

격동의 시대를 살아 온 언니는 나보다 더 과격한 학창 시절을 보냈다. 대구대학교에 입학한 언니는 부모님과 떨어져 자취해야 했는데, 그마저도 홀로 자취방을 알아봤다고 한다. 언니는 다음과 같은 말을 덧붙였다. "엄마가 되고 나서 생각했던 게, 우리 엄마 진짜 피눈물 흘리면서 보냈겠구나."

문득 내가 대학을 선택했을 때 진지하게 반대하던 3년 전의 현미가 떠올랐다. 엄마는 나 혼자 기숙사에서 생활해야 한다는 것이 겁난다고 했다. 그냥 같이 살면서 근처 대학에 가면 안 되겠냐고 몇 번 설득하기도 했다.

많은 장애인이 성인이 된 후에도 부모와 함께 산다. 돌봄이 꾸준히 필요하기 때문이라거나 경제적인 문제도 있을 테지만, 심리적인 이유 역시 크다. 홀로 자립할 수 있을지에 대한 당사자와 가족의 불안감, 자녀의 인생 끝까지 본인이 책임져야 한다고 생각하는 부모의 마음 들이 관계의 분리를 막는다.

얼마 전 뇌병변 고등학생 자조 모임에서 강의를 했다. 현장에 있던 거의 모든 청소년이 혼자 외출해 본 경험이 없었다.

한 어머니는 내게 와서 "A가 혼자 외출한다는 건 상상이 안 돼요……."라며 걱정을 내비치기도 했다. 나 역시 스무 살에 처음으로 혼자 지하철을 탔다. 별거 아닌 그 행동에도 터질 듯한 심장을 진정시키면서, 홀로 무언가 해 보는 일이 얼마나 중요한지 그제야 깨달았다. 한 바퀴 더 굴러갈수록 세상이 넓어졌다. 나는 엄마 없인 아무것도 하지 못하는 아이에서 동네를 누비고, 가족과 다른 공간에서 살고, 지구 반대편까지 갈 수 있는 사람이 되었다.

이제는 명확히 안다. 얼마만큼 할 수 있고 할 수 없는지를 알아야 내 세계가 커진다는 걸. 그러려면 길거리에서 넘어져도 보고, 한 번도 가 본 적 없던 동네를 돌아다녀도 봐야 한다. 다른 이들과 관계를 맺고, 일탈도 해 봐야 한다. 아이를 걱정하는 부모님의 고민을 들으면 나의 독립을 도왔던 문장 하나를 전해 드린다.

"애들 내보내세요. 안 죽어요. 다쳐도 병원 가면 돼요. 혼자 내보내세요."

장애인학생지원네트워크 김형수 총장의 말이다(그 역시 뇌성마비다).

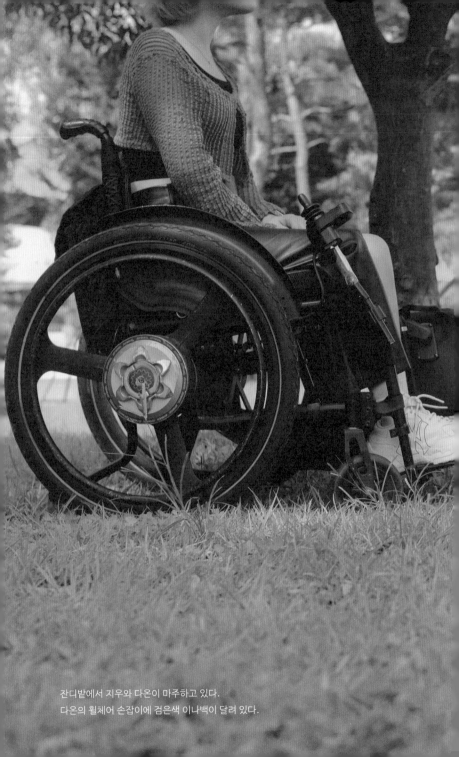

잔디밭에서 지우와 다온이 마주하고 있다.
다온의 휠체어 손잡이에 검은색 이나백이 달려 있다.

나를 성장하게 하는 자부심

다온 문제는 학교를 그만두고 직장에 다니면서부터였던 것 같은데, 직장 생활 처음 시작했던 곳이 학습지 콜센터였거든요. 요즘도 학습지 같은 거 하나요?

지우 있을걸요. 구몬 같은 거.

다온 옛날에 블랙박스, 노스트라다무스. 뭐 이런 게 있었어요. 그런 학습지 콜센터에 들어간 거예요. 학생들 관리하는 일이었어요. 전화해서 "너희 공부 잘하고 있니? 다음 학기에도 우리 거 해야지?" 하고 신청 연장하는 일이었는데. 목발을 짚는 애가 면접을 보러 오니까 처음에는 회사 분들이 이상하게 봤어요.

　그런데 모타리[※]도 조그마한 게 막 땍땍거리기도 잘 땍땍거리고 이러니까, 친해진 다음에는 "그럼에도 불구하고 너 이렇게 열심히 사네? 우리도 반성하고 더 열심히 살게." 이런 분위기가 돼서 되게 많이 예쁨 받았어요.

※ '덩치'의 경상도 방언

직장 생활에서도 내가 끼는 게 당연했던 것 같아요. 회식이라고 내가 배제당한다, 이런 거는 있을 수 없는 일이었고. 회식 얘기 나오면 "누가 종혜야(언니는 개명을 했다) 갈래?" 하기 전에 "언니 거기 나도, 나도." 이렇게 말했어요. 왜냐하면 나는 휠체어를 안 타고 목발을 짚었으니까 장소 제약이 크지 않았던 것 같기도 해요. 그 당시에는. 그리고 당연히 가는 거니까, 나도 눈치 안 보고 갔고.

나는 또 영업을 오래 했거든요. 콜센터도 영업인 거고. 스물아홉 살, 하랑이 낳고 육아휴직 할 때까지 콜센터에 계속 있었으니까. 부지런히 일하는 사람 중 하나였고 늘 가장 먼저 출근하고 제일 늦게까지 근무하고. 실적도 항상 거의 중상 왔다 갔다 할 정도였고. 그러니까 누가 나를 배제할 수가 없었어.

지우 왜 맨날 가장 먼저 출근하고 늦게 퇴근하셨던 거예요?

다온 그게 그렇구나. 질문을 너무 잘한 것 같아. 내가 이들한테 인정받는 방법 중 하나가 성실함이라고 생각했거든요. 제일 큰 무기랄까. 적어도 남들이 도착하기 전에 나가서 내 일에 대한 열정을 보이는 거죠. 다른 사람들이 몸빵으로 할 수 있는 것들을 난 정신력이라든지 머리로 해야 하잖아요. 나머지 공부를 해야 하는 거예요. 사람들을 따라가기 위해서. 물리적 제약을 넘으려면 남아서 그걸 메꿔야 하는 상황이 많았던 것 같아요. 지기 싫었던 거지.

그런데 직장 생활을 하면 이런 게 있을 거예요. 지금도 아마 그럴 것 같은데, "네가 몸이 불편하니까 이 정도는 덜해도 괜찮아." 나는 늘 덜해도 괜찮은 애였거든요. 조금만 해도 잘했다고 계속 칭찬하는 거야. 예를 들어서 지방에서 워크숍을 할 때 따라갔어요. 사람들 다 가는 워크숍이야. 근데 내가 가면 "대단하다. 너 동기 부여 강의할래?" 이러는 거예요. 나 실제로 강의도 엄청 많이 했거든요. 영업을 잘해서 영업 강의를 한 게 아니라, 내가 동기 부여가 되니까 강단에 올린 거지.

다른 사람의 성과가 100이라고 했을 때 나는 50~60%만 해도 대단한 인간이 돼 버리는 거예요. 어느 순간 딱 느낀 게, '나는 성장이 없는데, 너희들은 성장하면서 나를 왜 칭찬해. 내가 몸이 불편해서 칭찬하는 것 같은데 그러면 안 되지. 여기는 영업 조직이잖아. 똑같이 잘했을 때 칭찬해야지.' 생각이 그렇게 정립되면서 '그러면 남들이 100%로 할 때 나는 120%의 노력을 하면 그래도 한 90%까지는 따라가겠다.' 그래서 좀 더 열심히 했던 것 같아요.

160

'장애인의 노력'을 그 자체로 바라보기보다 굴절해서 받아들이는 사람이 많다. 기본적으로 실패한 사람으로 여겨지곤 하는 우리는 조금만 노력해도 '장애를 극복한 사람'이나 '슈퍼 장애인'이 되기도 한다. "몸이 불편한데도 대단하다."라는 소리를 들었던 다온 언니처럼, 쉽게 덧씌우는 슈퍼 장애인 이미지는 때로 '넌 그대로 머물러도 되는 존재'라는 메시지를 내포하기도 한다. "장애가 있는데도 대단하다."라는 말은 장애인에게 장벽이 되는 환경을 개선하려는 의지보다 그 환경에 자신을 욱여넣어 어떻게든 적응하려고 한 장애인의 희생만 높이 평가한다.

장애인의 노력은 '정상 사회에 포섭되고자 하는 몸부림'이 되기도 한다. 공부를 잘하면, 성과가 좋으면 배제되지 않는다는 말 사이에서 장애인들은 감당할 수 있는 것 이상을 해내려다 소진을 겪는다. 나는 그런 시간 속에 늘 괴로워하며 진동하는 존재였다. 슈퍼 장애인 이미지를 거부하면서도 꾸준히 자기를 증명하려는 욕구로 움직이는 사람. 공부를 잘하면 무시당하지 않는다는 말에 동의하지 않으면서도 1점이라도 높은 성적을 받으려고 애쓰는 사람. 노력해도, 하지 않아도 괴로웠다.

'노력'을 말하는 다온 언니의 얼굴에서 내가 발견한 것은 '자부심'이었다. 언니는 노력이 인정받을 때, 과한 인정으로 돌아올 때, 또 인정받지 못하는 상황에서도 일하는 사람으로서 자신의 능력을 확신했다. 콜센터에서 우수 사원으로 계속 일하다가 출산 이후 필드 영업에 뛰어든 이야기에서 언니의 자부심을 선명하게 목격할 수 있었다.

장애인이 비장애인보다 더 노력하지 않아도, 슈퍼 장애인이 되지 않아도 동료로 어깨를 나란히 해야 한다고 생각하는 나지만, 자신을 믿는 언니의 마음만은 닮고 싶었다. '내가 남들보다 못하기 때문에' '남을 이기려고' 의식해서는 할 수 없는 일이다. 오롯이 나를 바라보고, 나의 성장을 꿈꿀 때 일의 현장에서 버틸 수 있을 것 같았다.

언니는 출산 이후 전동 휠체어를 타기 시작했고, 그때부터는 대면 영업을 시작했다. 스무 곳의 사무실에 연락을 돌렸고 서류 전형에 합격했지만 장애인임을 밝히자 면접이 취소됐다. 딱 한 곳에서만 면접을 보러 오라고 했다. 언니의 말을 빌리면 "저 할 수 있는데요, 시켜 주시죠."라며 '건방을 떨었다.'

이후에는 전동 휠체어로 전국을 돌아다니면서 영업직으로 일했다. 휠체어를 타고 버스와 기차로 전국을 다녔다. 방문하는 공간 대부분에 장애인 화장실이 없었다. 힘을 주는 근육이 약해서 화장실 실수를 할까 봐 여분의 바지를 들고 다니기도 했다. 고객과 만날 약속을 잡았지만 휠체어로 접근할 수 있

162

는 카페를 찾지 못해 미팅 자체를 못 하는 날도 있었다. 고객에게 면박을 당하기도 하고 영업에 실패하는 날도 있었지만, '카페에서 나와 문밖의 나에게 호의를 베푸는 고객과는 끝까지 함께 간다.'라는 마음으로 일했다.

타인이 이해하는 장애인의 노력 말고, 자신의 힘과 기개를 믿는 태도가 언니의 삶을 지탱하지 않았을까. 좋지 못한 것은 얼른 잊고, 나의 노력을 믿고, 계속 성장하려는 마음으로 살아온 언니. '그래야 살아남는' 시간을 거쳐 언니가 보여 준 자부심을 배우고 싶었다.

언니는 이제 새로운 일을 시작했다. 바로 보조 기기 액세서리를 파는 장애 패션 브랜드를 론칭한 것이다. '모두를 위한'이라는 두루뭉술한 수식 대신 '장애인을 위한' 제품을 만들고 싶다는 게 언니의 생각이다. 언니가 만든 가방의 열혈 팬으로서 가방 이야기를 안 할 수 없었다.

아무도 안 만들면 내가 만든다

다온 사업을 구상하면서 '왜 자꾸 나는 이쪽으로 관심이 가지?' 하다가 안 되겠다. 그냥 저질러 보자. '그럼 내가 뭐가 제일 답답했지? 뭐가 제일 짜증 나지?' 하고 떠올려 봤는데, 맨날 시꺼멓고 회색 일색인 장애용품이 생각났어요. 내가 휠체어 사면 제일 먼저 하는 게 업체 가방 떼는 일이거든. 내 몸뗑이만 한 가방이 너무 쪽팔리는 거야. '좀 쌔끈한 거 뭐 없나? 그러면 패션 쪽인가?' 이런 식으로 꼬리를 물다가 새로운 카테고리를 만들어 보자는 생각이 든 거죠. 장애 패션 브랜드라고 내가 혼자 카테고리를 만들어서 마케팅을 시작했어요.

뭘 만들까 되게 고민하다가 처음에는 핀 버튼을 만들었어요. 휠체어나 가방에 달 수 있는 배지 형태인데, '도움이 필요한지부터 물어봐 주세요.'라고 메시지를 넣어서 장애인을 대할 때 기본적인 매너를 알려 주는 거죠. 저렴하게 제작할 수 있으니까 접근하기가 좋았는데, 가방을 만들어 보고 싶다는 생각이 떠나지 않는 거지. 그러려면 적어도 몇천만 원이 들어갈 텐데 큰일이다. 꿈은 있는데 이걸 못 하니까 방법을 찾자. 그러다 소규모로 제작해 주는 업체를 찾은 뒤에 집 보증금을 뺐죠.

지우 (놀라는 소리) 정말?

다온 조금만 빼자. 업체에서 최소 수량으로 거래할 수 있다고 했으니까 그만큼만 빼자. 천만 원으로 샘플 만들고, 가방도 만들고. 그러면서 쇼핑몰도 구축해 나가고 그랬어요.

나는 가방을 좋아하는 사람이거든. 이 가방 저 가방 막 보고 그림을 대충 그려서 여기저기 업체에 밀어 넣어 본 거야. "이게 실현 가능할까요? 저게 실현 가능할까요?" 하면서. 딱 한 분이 판촉용이지만 휠체어 가방을 만들어 본 적이 있다고 하셔서 그 대표님이랑 일하기 시작했어요. 누가 봐도 유행 안 타게 만들고 싶었어요. 제일 초점을 맞췄던 거는 촌스럽지 말자. 어딜 가서도 이 가방을 보였을 때 쪽팔리는 느낌은 없었으면 좋겠다. 그리고 좀 편했으면 좋겠다.

지퍼 같은 거 고를 때도 대표님은 되게 고급스러운 지퍼를 달자고 그랬는데, "싫어요. 그 지퍼는 제가 열려면 힘들어요. 손가락 끼울 수 있게 해 주세요." 이렇게 하고. 컬러도 노멀하게 베이지나 뭐 이런 걸로 가자고 그러더라고. "싫어요. 그런 가방은 시중에 찾아보면 있을 것 같아요." 해서 까만색 하나 베이스로 가고, 내 예산으로 선택할 수 있는 컬러는 세 가지가 다여서 핑크색이랑 누구든 멜 수 있는 블루를 넣었죠. 예상외로 남자분들도 핑크색을 좋아하시긴 하더라.

지우 그렇죠. 요즘에는 뭐.

다온 핫 핑크 얘기하시는 분도 있었어. "좀 진하게 뽑아 보지." 이러면서.

지우 검은색 프레임 휠체어에 핫 핑크! 딱 눈에 띄면 이쁠 것 같아요.

'그들을 위한'이나 '따뜻한'이라는 수식이 달린 장애 제품이나 정책들은 사용자의 니즈와는 거리가 멀 때가 많다. 장애인을 위한다는 제품을 사용할 때조차 우리는 '그들'이라는 명명으로 타자화된다. 때로는 가치중립적인 표현이 더 효과적이다. 구태여 '따뜻한'이나 '행복한'을 덧붙일 때 장애란 그런 수식어 없이는 좋은 의미로 명명될 수 없다고 강조하는 셈이 되기도 하니까. 그래서 언니의 가방 제작기가 반가웠다. 특히 '내가 쓰기 어렵기 때문에' 동그란 지퍼를 고수했다는 이야기가 좋았다. 나 역시 그 지퍼가 정말 좋았기 때문이다. 소근육이 약해 무얼 집기가 어려운데, 언니가 고른 동그란 지퍼 고리의 끝부분에 손가락만 걸면 쉽게 가방을 열 수 있었다.

문득 주름진 빨대와 키보드가 생각났다. 주름이 있어 구부러지는 빨대는 누워서 생활하는 아픈 아들을 위해 그의 어머니가 고안했다. 시력을 잃어 가는 연인과 편지를 주고받기 위해 개발된 타이프라이터는 오늘날 키보드의 원형이 되었다. "약점을 가진 한 사람을 위한 디자인이 세상에 새로운 가치를 만들어 낸다."《마이너리티 디자인》의 작가 사와다 도모히로의 말이 떠올랐다. 이나백의 동그란 지퍼 고리도 언니의 손으로부터 시작해 여러 사람의 손가락에서 기능하고 있다.

나보다 20년 넘게 길을 굴러 온 언니가 여전히 새로운 일을 구상하고 실행하는 모습이 묘한 안심을 줬다. 이리저리 부딪히며 오만 것을 시도해 보는, 정착하지 않은 나에게 "그래도 돼."라고 말해 주는 것 같았다. 언니에게 들을 게 아직 많았다. 특히 '하랑'이라는 새로운 이름이 자꾸만 귀에 걸렸다. 하랑이는 언니의 딸이다. 뇌성마비로서, "여자니까 애는 낳아야지." 같은 소리 말고 몸과 임신, 출산, 육아에 관한 이야기를 들어 본 경험은 없었다. 언니한테 빨리 또 물어봐야 했다.

임신, 출산, 육아로
터득한 가능성

장애친화 산부인과

엄마라는 이름

산부인과 의자에 앉아서

월경 기간이 아닌데도 피가 났다. 일주일 정도 계속 피가 비쳐서 산부인과에 갔다. 산부인과의 간호사 선생님들은 자꾸 내가 아니라 동행한 엄마에게 내 키와 몸무게, 주민등록번호, 성관계 경험 여부를 물었다. 부정 출혈이 있었기 때문에 초음파로 확인해야 했다. 옷을 갈아입(혀지)고 다리를 벌리는 검진 의자에 앉아(지면)서, 나는 이 병원에 절대 혼자 올 수 없겠다고 생각했다.

다음에 혼자 와야 하면, 원피스를 입고 노팬티로 올까. 미리 스트레칭하면 다리가 더 벌어질까. 검진 의자 높이가 낮아지긴 할까. 환자가 노팬티면 아무래도 놀라시려나. 별생각을 다하며 내 자궁이 찍힌 초음파를 바라봤다. 일주일 정도 피가 나는 몸도 감당이 안 되는데 어떻게 임신하고 출산할 수 있을까.

장애여성의 재생산은 이분법 아래 재단된다. 장애인의 자립 가능성을 제한하고 무성화하는 시선은 "몸도 불편한데 어떻게 출산을 하냐."라는 말로 장애인의 재생산을 무책임하고 지양해야 할 것으로 만든다. "중증 장애인도 성욕이 있냐." 같은 질문이 불쑥 튀어나오기도 한다. 반대로, 출산을 경험해야 그를 '여성'으로 인정하고 '정상'의 범주로 받아들이는 시선도 존재한다. 장애여성의 출산을 숭고한 것으로 낭만화하고, 어려움에도 '불구하고' 아이를 낳는 존재로 바라보는 것이다. 두 시선 모두 검진 의자에 앉는 내 고민을 해결해 주진 못한다.

그런 시선보다 내게 필요한 건 언니의 경험담일지 모른다. 다온 언니는 자기소개를 할 때 "제일 큰 타이틀이 엄마니까."라고 말했다. (이 말에 얼마만큼 동의하는지는 차치하고) 나는 단지 정말 궁금했다. 어떻게 아이를 가지게 되었는지, 임신한 몸이 부담스럽진 않았는지, 검진 의자에는 어떻게 앉는지, 출산은 어떻게 했는지가 말이다. 아무한테도 듣지 못한 이야기였다. 가끔 보는 산부인과 선생님도 어쩌면 잘 모를 이야기들이었다.

애를 못 낳을 거라는 생각도 해 본 적이 없어요

다온 난 연애도 되게 많이 했어요. 이십 대 동안. 아기 아빠는 스물한 살 때인가 스물두 살 때 처음 만났어요. 헤어지고, 다

170

시 만나고 했었고. 이 사람이랑 헤어지고 보낸 결혼 생활이 제일 오래 떨어져 있었던 기간인 거지(언니는 이혼을 한 번 했다). 그 사람이랑 끝내고 이 사람을 다시 만난 거예요. 아기 아빠를. 근데도 중간에 헤어지고 만나고 수십 번 했지. 이 인간이랑 도저히 안 되겠다, 죽어도 너랑은 안 된다 이러는데 스물여덟 됐을 때 덜컥 하랑이가 들어와 버린 거야.

지우 아이를 어떻게 낳고 기를지를 결심하시기 전에 생긴 거네요.

다온 그렇죠. 근데 '애를 안 낳아야지.' 이런 생각도 해 본 적 없고, 애를 못 낳을 거라는 생각도 해 본 적이 없어요. 왜냐하면 주변 (비장애인) 언니들도 애 낳고 잘 살고 있고, 그러니까 내가 보는 관점에서는 비장애인들의 삶이 익숙한 거야. 언니들이 애 놓고 사니까 나도 애 놓고 살아야 하나 보다 이렇게 생각했죠.

육아에 대해서 되게 겁이 나잖아요. 처음에 핏덩이를 안으면요, 애가 힘이 하나도 없거든요. 안잖아? 그럼 애 고개가 넘어가. 내가 잘못 안아서 애가 다칠까 봐 겁나요. 근데 나중에 지우 양이 엄마가 되잖아? 그 애 몸무게만큼 들 수 있어.

"장애가 익숙해지듯이
임신하면 열 달 동안
서서히 내 몸에 익숙해지거든요.
그때 되면 또 요령이 생겨요."

다온이 웃는 얼굴로 지우를 응시하며 이야기하고 있다.

애가 4kg이 되면 4kg을 들고, 6kg이 되면 6kg을 들어.

지우 진짜 신기해요. 손에 힘이 없는데.

다온 나도 처음에 2.7kg을 못 들었다고. 와, 근데 진짜 애가 10kg이 되면 10kg을 들어요. 되게 신기한 게 아무리 몸이 불편한 엄마라도 자기 새끼는 어떻게든 지켜. 애를 안고 있는 상태에서 나무 경사로를 올라가다가 나무가 썩어 있었는지 부서지면서 휠체어가 뒤집힌 적이 있어요. 근데 애는 하나도 안 다치고 나만 다 까졌어. 그걸 겪으면서 '나도 엄마구나, 내 아이 기본적인 케어는 할 수 있는 엄마구나, 나도 이만큼 힘이 늘어나는구나.' 생각한 적이 있었거든요. 그리고 아이는 지가 잘 커요. 알아서 커요. 낳으면 커요.

출산 이후 언니의 남편은 출퇴근이 자유로운 일을 하며 육아를 함께했고, 여동생도 종종 와서 아이를 봐줬다고 한다. 아픈 어머니 대신 아버지도 와서 아이를 돌봤다. "지우가 임신 하면 우리 가족 모두 전시 상황이다."라고 말하던 현미와 태균 이 떠올랐다. 모든 가족에게 해당하는 말이겠지만, 장애인에게 임신은 더더욱 혼자만의 일이 아니다. 만약 내가 임신하고 아

173

이를 낳는다면 어떤 사람들과 함께하게 될까. 내가 아이를 잘 키울 수 있으려면 어떤 제도들이 뒷받침되어야 할까.

언니는 출산 후 100일이 채 지나기도 전에 일을 시작했다. 홀로 아이를 감당하기 어렵다고 생각해 차라리 일을 하고 남은 시간을 아이를 돌보는 데 쓰는 것이 좋겠다고 판단했다. 출근하며 아이를 어린이집에 맡기고, 퇴근 후 아이와 함께 집으로 돌아왔다. 자꾸만 내 삶과 연관 짓게 되었다. 난 할 수 있을까. 해낼 수 있는 것과 없는 것이 있을 텐데, 아이를 돌보는 데 생기는 '공백'은 어떻게 메꿀 수 있을까. 그 공백을 채워 준 언니의 인연 이야기가 인상 깊었다.

다온 지우 양이 말한 것처럼 매뉴얼이 있으면 좋겠다는 생각도 들긴 들었어요. 근데 나는 매뉴얼이 없으니까, 주변에서 하는 대로 했죠. 그때쯤에 사람 인연이 진짜…… 시절 인연이란 말 알죠?

지우 잘 몰라요.

다온 시절 인연이 어떤 거냐면, 그 시기에 나한테 필요한 인연들이 온대요. 너무 신기했던 게 하랑이를 어린이집 보낼

때쯤이었어요. 애가 자지러지게 우는데 내가 안고 나갈 수가 없잖아, 걸어 나갈 수가 없으니까. 그래서 보자기에다가 애를 눕혀 놓고 현관까지 끌고 나가서 휠체어에서 부들거리면서 안아 올렸어요. 부들거리면서 나갔는데, 애 울음소리를 듣고 같은 층에 있는 아기 엄마가 나를 도와주기 시작한 거예요. 그 근처에 사는 아기 엄마랑 또래를 키우는 아이 엄마들이 한 동에 세 명이 있더라고요. 세 명이 엄청나게 친해져서 두루두루 봐주는 거야.

지우 공동육아 같은 거네요.

다온 그렇게 내가 꼭 필요한 순간에 도와주는 인연이 생겨요.

많은 여성이 그러하겠지만, 장애여성 역시 아이를 원하든 원하지 않든 임신을 걱정한다. 출산에 대한 정보는 모든 여성에게 턱없이 부족하지만, 특히 장애가 있는 몸으로 임신하고 아이를 낳는 삶에 대한 정보는 정말 얻기 어렵다. 정보가 없으니 내가 아이를 원하는 것인지 아닌지, 임신-출산-육아로 이어지는 일련의 과정을 감당할 수 있을지 없을지 가늠하기조차 어렵다. 거기다 외부자의 상반된 비난까지 감당해야 하니 선택의 방향성은 더더욱 흐려진다.

그런 혼란의 소용돌이를 지나고 있는 내 앞에 다온 언니가 있었다. "애를 못 낳을 거라고 생각하지 않았고", 나보다 더 약한 손힘으로 "애가 4kg이 되면 4kg을, 6kg이 되면 6kg을 든" 경험이 있는 언니였다. 엄마도, 주변 언니들도, 심지어 산부인과 선생님도 알지 못하는 정보가 언니에게 있을 것 같았다. 평소 궁금했던 질문들을 와르르 쏟아 냈다.

지우 임신하면 산부인과를 자주 다니잖아요. 저는 지금도 그 의자(검진 의자)에 못 앉아서 엄마랑 같이 가야 하거든요. 근데 그럴 때 어떻게 하셨는지도 궁금하고, 진짜 사적인데…… 제왕절개 하셨는지도 궁금하더라고요. 우리는 골반이 좁잖아요.

다온 다리 벌리는 폭도 우리는 좁잖아. 근데 병원 의자는 이렇게 넓잖아요. 그러니까 엄청 유들유들한 사람이 된 거야. 병원 가서 간호사 선생님들 앞으로 일부러 지나다니면서 "언니, 잘 지내셨어요?" 이러면서 막 친해져 놓고, 의사 선생님께는 진료받을 때 날 많이 어필하는 거지. 이 사람들이 나한테 친절하게 해 줄 수밖에 없게끔. 사람한테 마음이 가면 그만큼 친절해질 수밖에 없잖아요. 되게 친해졌던 것 같아요, 의료진이랑.

간호사 선생님들이 혼자서는 나를 못 들어 올려. 두 명이서 해야 해요. 한 명은 내 몸 위쪽을 잡고 당기고, 한 명은 다리를 잡고 올려. 또 다리를 고정해야 하는데, 그것도 힘들잖아요. 병원에서는 '누구 님'이라고 안 불러요. "엄마, 엄마." 이렇게 하거든요. "엄마, 이쪽 다리 묶을 거야. 잠깐만 있어 봐. 반대쪽 다리가 힘든데, 있어 봐 봐." 이러면서 간호사 한 명을 더 불러. 둘이 잡고 묶는 거예요. 그래서 진료 볼 때도 간호사 선생님들이 의사 선생님 옆에 항상 붙어 서 있었어요. 내가 강직이 들어가서 이게 뜯어질 수도 있잖아. 그러면 다시 붙여 주고 그랬어요.

결론은 제왕절개 했는데…… 근데 출산을 생각해야 할 때쯤 진료에서 선생님이 이런 얘기를 했어. "엄마, 자연분만 하고 싶죠?" 이러는 거야. 그때까지 나는 자연분만 할 수 있을 거라는 생각 자체를 못했거든. 그래서 "네." 이러니까, "자연분만 해야지. 해 보자. 근데 몸 관리해야 해. 지금부터 체중 관리하고 운동도 조금씩이라도 해." 이렇게 얘기해 주신 거야. 그때 알았어. 나 자연분만 할 수 있구나.

근데 하필이면 하랑이 나오는 날 담당 선생님도 안 계시고

177

하랑이가 그때 탯줄을 감고 놀고 있었던 거야. 만약에 내가 자연분만 한다고 우겼으면 애가 죽을 뻔한 거지. 자연분만은 포기하긴 했는데, 그렇게 얘기해 준 의사 선생님이 정말 고마웠어요.

지우 진짜 개인적으로 궁금한 거는, 엄마 아빠끼리도 그런 얘기를 하나 봐요. 만약에 지우가 임신하면 우리 집은 정말 비상, 전시 상황이다. 왜냐하면 저는 혼자서 몸도 잘 못 가누고 잘 걷지도 못하는데, 여기에 배가 엄청 무거워지면 몸도 못 일으킬 것 같은 거예요. 장애가 있는 것 자체로 어쨌든 우리가 몸을 컨트롤할 때 좀 어려운 부분들이 생기잖아요. 여기서 애가 생기면 더 힘들겠구나 하는 막연한 생각만 들어요. 만삭 때 어떻게 하셨는지 너무 궁금했어요.

다온 엄마들의 고통은 똑같아요. 근데 이제 컨트롤하는 게 조금 더 더딘 거지. 더디면 더딘 대로 또 움직임이 적응돼요. 지금 우리도 보면, 일상생활 하다가 문득 '이게 불편할 일인데 안 불편하네?' 이런 느낌이 들 때가 있잖아요. 내 장애가 너무 익숙해져서. 무슨 느낌인지 알죠? 장애가 익숙해지듯이 임신을 하면 열 달 동안 서서히 내 몸에 익숙해지거든요. 그래서 그때 되면 또 요령이 생겨요. 이 몸을 내가 어떻게 굴려야지 안정감 있게 일어날 수 있는지, 어떨 때는 꼭 도움을 받아야 하는지 이런 요령들이 생기거든요.

특히나 임신했을 때는, 왜 그런 거 있잖아. '나 자존심 상해서 이거 도와달라고 얘기 안 할래. 내가 어떻게든 할래.' 이러면 안 되고, 너무 힘들면 내 자존심보다 내 새끼가 더 중요하니까 그냥 요청하고. 당당하게. "나 이거 못 하겠으니까 도와줘." 이렇게 해야 해요.

지우 만약에 아이를 키우게 되면…… 어쨌든 언젠가는 엄마로서 소개해야 할 날도 올 거고, 그런 상황에서는 어떻게 하셨는지, 아이와 어떻게 지내셨는지도 궁금해요.

다온 그거는 진짜 고민이 많았어요. 내 삶에서 제일 고민이 많았던 때가 하랑이 낳고 그 순간부터였어요. 나로 인해서 아이가 마음의 상처를 받지 않을까, 배제당하지 않을까 고민이 많았는데…… 사실 아이 유치원에 계단이 너무 많아서 행사가 있으면 우리 동생이 대부분 갔거든요.

애가 초등학교 들어갈 때부터 고민이 더 커졌어요. 새로운 친구들을 더 많이 만나잖아. 그래서 초등학교 1학년 내내 학교에 데려다주면서 교문 앞에서 하랑이를 데리고 있었어요. "하랑아, 안녕." 하는 친구들 있으면 "이리 와." 이러면서 다 안아 줬어. 그때는 화장품 방문 판매할 때라 일부러 정장 입고 풀 메이크업 하고 항상 제일 멋진 모습으로 가다시피 했지. 그러니까 애들이 보는 나는 그냥 빨간 재킷 멋있게 입고 다니는 화장 센 아줌마였던 거야. 그냥 친구 엄마.

한 2학년, 3학년 올라가니깐요, 그때는 내가 학교 데려다줄 필요가 없잖아. 집에 올라가는 길에 애들이 나를 보면 막 뛰어와. "이모!" 이러면서 다다닥 와서 나한테 탁 안겨요, 애들이. 애들이 나한테 반감을 느끼지 않도록 내가 미리 한 1년을 고생했어요.

또 하랑이한테도 '엄마 때문에 속상하지?' 이런 얘기는 전혀 안 했어요. 내가 주눅 드는 모습을 보여 주는 순간 애도 같이 주눅 들거든요. 내가 진짜 당당하게 큰소리 빵빵 치면 애도 큰소리쳐요. 내 아이에게 당당히 했고, 내 삶이 아이에게 부끄럽지 않은 삶이었고, 내가 몸이 불편하기 때문에 더 열심히 살았거든요. 그래서 애한테 꿀리지 않는다고 생각했어요. 내 아이가 나를 부끄러워해야 할 이유가 없다고 생각했어요.

180

잔디밭에서 지우와 다온이 이야기 나누고 있다.
크게 입을 벌린 지우는 다온에게 감탄한 듯한 표정이다.

수많은 세계에 가닿을 장애여성들

미지의 세계를 떠올리며 걱정을 털어놓는 내게, 언니는 "내 몸을 던져 보고, 활용하고 싶은 구석에 많이 활용해 봐야 몸을 알 수 있다."라고 말했다. "겪어 보며 나를 지킬 수 있는 방법을 알아내야 한다."라고도 했다. 섹스도 그래야 한다고 덧붙였다. 나는 또 덥석 물어봤다(들어 본 적이 없으니 자꾸 언니들이 하는 섹스 얘기에도 집착하게 된다……).

지우 어떻게 하면 나를 지키는 섹스를 할 수 있나요?

다온 "안돼."라고 하면 즉각 멈추는 놈.

언니의 모든 이야기가 정답은 아니겠지만, "이런 일도 했었어."라고 말해 주는 순간마다 내 미래의 갈래가 새롭게 늘어나는 기분이었다. 마치 멀티버스, 우주 속 평행하는 세계가 생겨나는 것처럼. 언니 이야기를 듣는 게 즐거웠다. "내 아이가 나를 부끄러워해야 할 이유가 없다고 생각했어요."라는 말은 "너도 너를 부끄러워할 필요 없어."처럼 들렸다. 인터뷰 마지막 쯤, 언니는 "저는 60대가 너무 기대돼요."라고 말했다. 이것 역시 "너도 즐겁게 나이 들 수 있어."라고 말하는 것 같았다.

4년 전 사별한 언니는 지금도 여전히 연애하고 사랑하고 도전한다. 그 형태가 어떻든 간에, 언니의 모든 몸짓은 평행하는 우주 중 한 세계를 넓히고 있다. 그래서 언니의 발자취를 응원할 수밖에 없다. 더 많은 장애여성이 몸을 던져 수많은 세계에 가닿고, 그곳에서 발견한 이야기를 전해 서로의 우주를 넓히면 좋겠다. 나는 그러기 위해 나이를 먹고, 계속해서 언니들을 만나고, 그 이야기를 적는다.

"휠체어 여행하면 ─ 확 ─ 올라 ─

전윤선

1967년생. 휠체어를 타고 여행하며 글 쓰고 사진 찍는 걸 제일 좋아한다. 여행은 빈틈 없이 들어찬 잡념을 덜어 내고 마음의 공간을 확장해 긍정의 꽃을 피우는 시간이다. 이 래서, 저래서, 그래서 못 하는 것보다 '그럼에도 불구하고' 여행으로 치유되는 환경을 만드는 과정에 먼지만큼이라도 발 담그고 싶다. 여행하는 내게 오늘이 가장 행복한 날 이다.

타고 —
자존감이
가거든요."

여행의 촉진제가 되고 싶은 사람, 윤선

겁 없이 활동해
여행의 길을 넓히다

장애운동의 영역

삶의 반경 넓히기 ⟶

계속해서 새 사람이 될 테다

혼자 비행기를 타고 떠나 아무 연고도 없는 나라에서 지낸 지 2주가 지나고 있다. 이 글은 호주, 멜버른에서 쓰는 글이다. 내가 홀로 해낸 일에 매번 놀란다. 생전 들어 본 적 없는 소리를 내지르는 새소리에 깨면서, 살이 찢어질 듯 따가운 햇살과 몇 시간 뒤에 언제 그랬냐는 듯 흐려지는 하늘을 보면서, 도시 곳곳에서 마주치는 휠체어 탄 사람에게 자연스레 인사하면서, 기꺼이 도움의 손길을 건네는 사람들을 보면서 말이다. 언젠가는 이런 날이 오리라고 생각했지만 예상보다 더 빨리 찾아왔다. 집에서 50분 거리 기숙사에서 살아가는 일도 수많은 우려와 걱정을 매단 채 도전해야 했던 내가, 열 시간이나 비행기를 타고 계절이 정반대인 나라에 온 것이다.

이렇게 된 이유 중 하나는 중학교 때 처음 일본에 가 본 경험 덕분일 테다. 나를 보자마자 안전 발판을 가지고 나오는 지하철 역무원과 비가 오는데도 하차해 나에게 목적지를 묻던 버스 기사를 보면서, '나도 자유롭게 다닐 수 있잖아?'라고 생각하게 됐다. 마치 '또 갈 수 있겠는데?'라고 생각했던 성희 언니처럼. 그곳은 더 많이 가 보고 새로운 것을 경험하고 싶어 하는 나의 존재가 '사치'로 여겨지지 않는 공간이었다. 그들의 자연스러운 응대가 장애인도 가고 싶으면 가고, 먹고 싶은 것을 먹고, 보고 싶은 것을 보는 게 당연하다고 이야기하는 것만 같았다.

그리고 작년, 태균과 단둘이 대만, 홍콩, 마카오에서 보낸 시간이 촉매제가 되었다. 파워-계획형인 태균의 계획을 모조리 따라가지 못해 잠시 혼자 빠져나와 보낸 세 시간. 홍콩 거리를 짧게 돌아다녔던 것뿐이지만 마치 내 안의 큰 과제를 해결한 것 같은 해방감을 느꼈다. 해외에서도 홀로 돌아다닐 수 있다는 것을 그제야 깨달았다. 그 이후에는 누군가 내게 여행을 부추기라도 하는 것처럼 돌아다녔다. 친구와 단둘이 일본에 갔고, 그다음으로 친구들과 프랑스 파리에 갔고, 스위스에 갔다가, 현미를 '모시고' 독일에 갔다. 스무 살이 되어서야 홀로 외출했던 나는, 이 경험을 거쳐 3년 만에 호주 빅토리아 도서관에서 원고를 쓰는 내가 되었다.

여행을 떠나 직접 경험하는 새로운 세계는 나를 놀라운 변화로 이끈다. 온몸으로 신세계를 마주하기 전의 나와 여러 시공간을 거쳐 온 나는 전혀 다른 내가 된다. 일본의 접근성을 경험한 이후 높은 턱을 만나도 '어딘가 입구가 있을 거야.'라는 생각으로 쉬이 발걸음을 돌리지 않게 되었다. 기꺼이 도움을 주려 달려오던 유럽 사람들을 만난 후 '일단 먼저 가 보고 안 되면 도움받으면 되지.'라는 생각으로 낯선 곳에서도 지레 겁먹지 않게 되었다. 호주에서 시간을 보낸 나는 또 새 사람이 될 테다.

이것이 내가 여행을 권하는 이유다. 쌓여 가는 나는 또 다른 내가 되므로, 우리의 활보가 더는 사치가 아님을 알 수 있으므로. 언젠가부터는 권유 이상의 활동을 하고 싶었다. 단순히 "너도 가 봐."라고 말하는 것이 아니라, 장애인의 여행을 막는 장벽을 없애고 집 밖에서 더 많은 이를 함께 만나고 싶었다. 그러던 중 윤선 언니를 알게 되었다.

윤선 언니는 개인의 여행을 넘어 더 많은 장애인의 여행을 위해 장소를 물색하고 바뀌어야 할 곳에는 민원을 넣으며 지치지 않고 꾸준히 바퀴를 굴리는 사람이다. 특히 국내 관광지는 가지 않은 곳이 거의 없다. 장애콘텐츠를 다루는 라디오 프로그램 〈내일은 푸른 하늘〉, TV 프로그램 〈사랑의 가족〉 등에서 20년 가까이 무장애 여행을 소개하고 있고, 최근에는 《아름다운 우리나라 전국 무장애 여행지 39》라는 책을 출간하기도 했다.

언니를 처음 알게 된 것은 한 인터뷰 영상에서였다. 20대 때 장애를 갖게 된 뒤 가장 처음 떠난 여행지가 인도라고 했다. 접근성이 좋다는 몇몇 나라의 방문기는 들어 봤지만 인도로 향한 장애인 이야기는 처음이었다. '여기는 장애인이 살기 좋다더라.' 하는 나라만 귀신같이 찾아다닌 나로서는 선뜻 상상할 수 없는 행보였다.

의도하지 않았지만, 지금까지 모인 '언니'들의 나이가 10, 20, 30, 40대였다는 것도 이유가 되었다. 페이스북을 보니 언니는 50대였다. 찾았다, 내 인터뷰이! 포스트에는 여전히 내가 모르는 세계가 가득했다. 중도 장애를 겪는다는 것, 나이가 들며 빠르게 변화하는 몸과 친해지는 법, 다른 이를 여행으로 초대하는 이유, 기록하고 알리는 힘…… 윤선 언니를 만나고 나면 또 어떤 내가 될지 궁금했다.

'고난'을 가볍게 받아치는 서브

지우 평소 본인을 어떻게 소개하시나요?

윤선 어떤 곳에 가서 나를 소개하느냐에 따라 구분해서 설명

하는 편이에요. 작가라고 얘기하거나 한국접근가능한관광네
트워크 대표라고 하죠.

지우 라디오 출연도 하시잖아요.

윤선 되게 오래됐어요. 20년 가까이 된 것 같아요.

지우 작가님 책을 재미있게 읽었어요. 특히 앞부분에 휠체어
사용자의 여행 준비물을 써 두신 부분이 좋았어요. 저도 곧
호주에 가는데 '맞아, 이거 꼭 챙겨야겠다!' 하는 것들이 있
었거든요. 혹시⋯⋯ MBTI 아시나요?

윤선 검사한 지 오래되어서 모르겠어요. (웃음) 별로 그런 거
안 믿어 가지고.

지우 왠지 J(계획형)이실 것 같은데! 계획을 엄청 세우실 것
같아요.

윤선 제가 약간 성격이, 계획 짜고 이런 거 별로 안 좋아했거
든요.

단발 파마머리에 검은 뿔테 안경을 쓴 윤선이 환하게 웃고 있다.
화사한 연보랏빛 카디건과 연분홍빛 머플러를 매치했고,
무릎에는 다양한 무늬가 패치워크 된 담요를 덮고 있다.

지우 정말요?

윤선 그런 거 별로 안 하고 즉흥적으로 많이 했었는데, 휠체어를 타고 여행하다 보면 그렇게 할 수가 없는 거예요. 여행하는 데 되게 불편하고 혹여 위험할 수도 있고. 그러니까 기본적으로 필요한 것들은 항상 가지고 다니고, 여행 간다고하면 집에서 나오기 전에 미리미리 다 챙기는 편이죠.

지우 휠체어 타는 사람은 어쩔 수 없는 것 같긴 해요.

윤선 어쩔 수 없이 그렇게 돼요.

지우 고리타분한 질문이지만, 여행이 작가님에게 어떤 의미이길래 이렇게 계속 여행을 다니시나요?

윤선 일단은 휠체어를 타고 여행하면, 힘들지가 않아요.

지우 오, 맞아요!

윤선 제가 생각하기에는, 자전거 타고 여행하는 사람도 있고 차를 가지고 여행하는 사람도 있고 다양하잖아요. 휠체어 타고 여행하는 건 걸어서 여행하는 거랑 똑같다고 생각해요. 힘 안 들이고 걸어서 여행하는 거죠.

제주도 같은 경우에, 오름 가시는 분들 되게 많잖아요. 그분들은 다니다 보면 힘들어 죽겠다는 거예요. "아이고, 힘들어. 다리 아프고." 막 이러시는데 나는 이거(전동 휠체어) 타고 올라오면 하나도 안 힘들고 내가 보고 싶은 거 다 볼 수 있어요. 여기도 가고, 저기도 가고. 신나는 거예요. 여행은 그 자체로 나에게는 그냥 신나는 놀이 같은 거죠.

고백하자면, 나 역시 '언니들'에게 기대하는 답변이 있다. 되도록 거창했으면 좋겠고, '극복'까지는 아니어도 웅장한 고난과 역경을 통과한 영웅담이 듣고 싶기도 했다. 하지만 현명한 언니들은 늘 그 바람을 요리조리 피한다. 나는 아쉬워하면서도, 상상 못 했던 대답에 고개를 끄덕이고 만다. 윤선 언니가 내 질문에 바로 "힘들지가 않아요."라고 답했을 때, 다시 한번 아쉬움과 동시에 차오르는 반가움을 마주했다.

휠체어를 타고 살아가기는 응당 어렵고 힘들어야 할 텐데, '고난'을 딛고 여행하는 이유에 대한 답변을 기대하고 쏘아 올린 질문에 언니는 그 가정을 가볍게 받아치는 서브를 날

린다. 맞아, 전동 휠체어를 타면 다리 아플 일이 없지. 걷는 이들을 '배려'하지 못해 늘 너무 먼 거리를 도보로 이동해 버리고 마는 나를 떠올렸다.

지우 전동 휠체어가 작가님한테 주는 의미가 있을 것 같아요.

윤선 저는 애를 자유라고 생각해요. 전동 휠체어는 내게 자유를 줬어요. 예전에 수동 휠체어 탔을 때는 그냥 딱 수동적인 사람이 되는 거예요. 제 장애 특성상 혼자 바퀴를 굴릴 수가 없거든요. 누가 밀어 줘야만 움직일 수 있는 거죠. 그러다가 전동 휠체어를 타니까, 너무너무 자유롭고 안전한 거예요.

　내가 가고자 하는 곳은 휠체어가 버티는 km 수만큼 다 갈 수 있잖아요. 웬만한 언덕 같은 데도 다 올라갈 수 있거든요. 애는 안전하고 자유롭고, 다리도 하나도 안 아프고 그런 거예요. 전동을 타고부터는 그냥 어디든지 다 갈 수 있을 것 같았어요. 어디든지 다 갈 수 있을 것 같아. 택시 타고 갈 웬만한 거리도 전동 휠체어로 갈 수 있으니 편해요.

지우 그런데 같이 다니시는 분들은…….

윤선 막 5km, 10km씩 같이 걷고 이러잖아요, 활동지원사들이 한 번 갔다 오고 나면은 다 그만두는 거예요. (지우의 탄식) 근데 방법을 찾았죠. 접이식 자전거! 활동지원사는 자전거를 타고, 나는 휠체어를 타고 그러고 다녔었어요. 그러다가 이제 더 좋은 기구가 나왔잖아요. 전동 킥보드. 요즘에는 또 전동 자전거도 있잖아요. 그걸 타면 활동지원사가 속도를 맞출 수 있으니까.

지우 너무 재밌겠는데요? 이건 진짜 꿀팁.

김원영·김초엽 작가의 저서 《사이보그가 되다》에서는 기계와 몸의 결합을 통해 '사이보그로서의 몸'을 만들어 나가는 적극적 실천에 대한 장애학(disability studies)의 문제의식을 만날 수 있다. 나 역시 여덟 살 때 처음 휠체어를 타고 8년 넘게 누군가의 손에 이끌려 이동하다가, 처음으로 휠체어에 전동 키트를 부착했을 때 세상이 뒤집히는 경험을 했다. 새로운 휠체어와 결합한 나는 다른 사람이 된 것 같았다. 다른 이들과 관계 맺는 방식도 완전히 변했다. 일방적으로 도움을 주고받는 관계가 아니라 나란히 발과 바퀴를 맞춰, 때로는 바퀴들을 맞춰 함께 걷는 관계가 됐다. 처음으로 야자를 째고, 데이트를 하고,

여행을 갔다. 수전동 휠체어가 없었을 때는 상상할 수 없던 행보였다. 휠체어는 말 그대로 '확장된 몸'인 것이다.

언니가 근육병 진단을 받았을 때는 대한민국에 전동 휠체어가 들어오기도 전이었다고 한다. 20대에 갑자기 생긴 장애, '내게 자유를 준' 전동 휠체어를 만나기 전의 언니는 어땠을까. 그럼에도 훌쩍 인도로 떠난 이유는 무엇일까 궁금했다.

가치 있는 여행을 위해 사막을 누비다

지우 저는 엄청 어릴 때 장애가 생겼어요. 그래서 장애가 없었을 때의 기억은 없거든요. 장애를 중간에 갖게 된 건 저도 모르는 느낌이잖아요. 그냥 상상해 보면, 굉장히 힘들 것 같은데 바로 인도에 가셨다고요.

윤선 장애가 있기 전에는 능동적인 활동을 되게 좋아했어요. 자전거 타고 전국 일주하고, 등산하고, 산악 지프차 타고, 지도 하나 들고 전국 문화 유적 답사지 찾아다니고. 이런 것들을 엄청 좋아했거든요.

장애가 생기니까 그게 안 되는 거예요. 저는 근육병이니까, 서서히 오는 장애잖아요. 그런 활동들이 점점점점점……
안 되는 거예요. '내 삶이 왜 이래야 되나.' 이런 생각 되게 많
이 했죠. 아예 걷지 못하게 됐을 때는 휠체어를 타야 하는 상
황이잖아요. 그때만 해도 우리나라에는 전동 휠체어가 없었
어요. 수동 휠체어를 타야 하니까 '삶이 나락이라는 게 이거
구나.'라고 생각했어요.

　그러다가 제 지인들이 인도 여행을 간다는 거예요. 인도
중에서도 타르사막이라고 세계에서 아홉 번째로 큰 사막이
있거든요. 여행 코스에 거기가 들어 있는 거예요. 제가 그 사
막에 엄청 가 보고 싶었거든요. 마침 기회가 딱 온 거예요. 다
때려치우고 가야겠다. 딱 그것만 생각했어요. 죽어도 그냥
내가 하고 싶은 일 하다가 죽는 게 낫겠다, 그러면 행복하겠
다는 생각이 들어서 다 때려치우고 갔죠.

　그리고 여행의 목적을 들으니 더 가고 싶었어요. '나눔, 환
경, 공정'이라는 테마로 떠나는 여행이었거든요. 그때는 장
애인들이 여행할 수 있는 시절이 아니어서 장애인이 함께 가
는 것만으로 나눔, 공정 이런 말이 따라붙었어요. 그런데 제
가 간 공정 여행은 그것뿐만이 아니라 현지에 가서 정당한
금액을 주고 물건을 사고, 현지에서 고용하는 사람들, 가이
드 같은 분들에게 정당한 임금을 주는 활동을 했어요. 지구

가 아픈 일은 하지 않으려고 일회용품을 사용하지 않기도 했고요.

그 여행이 참 가치 있는 여행이잖아요. 내가 기존에 했던 여행하고 너무 다른 거예요. 그런 가치를 추구하는 사람들하고 같이 여행할 수 있다는 게 진짜 좋았어요.

윤선 언니가 들려준 이후의 이야기는, 나를 또 새로운 세계로 이끌었다. 쓰지 않는 물건을 팔아 수익금으로 오지에 있는 이들을 돕고, 안 쓰는 학용품을 모아 아이들에게 전달하고, 상비약을 모아 아픈 이들에게 나누기도 했다는 이야기가 생경했다. 도움을 받아야 할 판인데 누가 누굴 돕냐고 종종 농담하던 나와 달리 언니는 죽기를 각오하고 인도로 갔다. 단순히 홀로 떠나는 것도 큰마음을 먹어야 가능했을 여행에 다른 이들을 돕기 위한 여러 방식을 고민했다.

알량한 농담이 부끄러워지는 순간이었다. 작게 입술을 깨물었다. 동시에 잊고 있던 소망이 선명해지는 기분이었다. 할 수 없다고 생각해서 지레 겁먹고 하지 않았던 일 중 하나가 인프라가 부족한 지역에서의 봉사 활동이었다. 나도 언니처럼 할 수 있을까. 바삐 움직이며 약과 학용품을 나르는 내 모습을 떠올려 봤다.

물론 언니의 인도 여행은 쉽지만은 않았다. 휠체어를 충전할 곳이 없으므로 전동 휠체어나 수전동 휠체어를 가져갈 수 없어 수동 휠체어를 타야 했다. 장애 출현률이 높은 지역이지만 사람들에게 적절한 보조 기기가 제공되지 않는 곳이었다. 휠체어를 처음 본 사람들이 신기해하며 이게 뭐냐고 끊임없이 질문하고, 줄줄이 뒤를 따라오기도 했다. 밤이 되면 사막이 너무 추워져 얼어 죽을 뻔했고, 화장실이 없어 친구를 붙잡고 무릎을 꿇은 채 모래에 대소변을 봐야 했다. 하지만 언니는 이런 고난을 덮을 만큼 큼지막한 크기로 좋았던 순간을 펼쳐 놓는 데 달인이었다.

우리도 운동해서 만들었어

윤선 그렇게 추우면서도 되게 행복했던 게, 이렇게 누워 있잖아요. 별이 얼마나 많은지 별에 맞아 죽을 것 같은 거예요. '내가 죽기 전에 한 번 더 올 수 있을까.' 이 생각도 들고, '죽기 전에 꼭 한 번 다시 와야지.' 결심하기도 했어요.

지우 갔다 오고 나서 어떠셨어요?

윤선 이제 갔다 오고 나서는 우리나라는 껌이죠. (웃음) 생각도 많이 달라졌어요. 여행을 어떻게 해야 할까 고민하기 시작했어요. 그냥 즐거움만 추구할 수도 있지만, 좀 더 가치 있게 여행해야겠다고 생각하게 됐고. 거기까지 생각이 미치니 우리나라 장애인들이 보편적으로 여행할 수 있는 환경은 어떤 걸까, 이런 것들이 되게 궁금해졌죠.

그러고 나서 일본에 갔어요. 그때는 우리나라 장애인의 자립생활을 촉구하는 운동이 초기였을 때고, 저도 그 운동에 참여하고 있었어요. 전동 휠체어를 타고 일본에 가니까 제가 정말 자유로운 거예요. 일본에 있는 장애인들도 너무 자유롭게 다니고요. 그래서 장애인들한테 물어봤죠.

"너네들은 여행을 하냐." 그랬더니 "우리 여행하지, 당연히." 이러는 거예요. 어떻게 여행하냐고 물으니까 "우리 그냥 휠체어 타고, 비장애인들하고 똑같이 여행해."라고 하는 거예요. 어떻게 그렇게 여행할 수 있는 환경을 만들었냐고 물었더니 너희가 지금 자립생활운동하는 것처럼 우리도 운동을 통해 환경을 만들었다고 얘기하더라고요. 그런 노력 없이는 아무것도 안 된다고요.

일본 갔다 오고 나서 장애인도 여행할 수 있는 환경을 만들려고 혼자 막 구상하고 그랬어요. 그 당시만 하더라도 우리나라는 자립생활운동 초창기일 때니까, 내가 얘기하는 건 써도 안 먹혔죠. "장애인이 무슨 여행이야, 집에서 나올 수도 없는데." 이런 의견이 대다수였어요. 그래서 일단 집 밖으로 당장 나오는 것, 자립생활운동부터 시작해서 장애인의 여행을 위한 활동도 병행했죠.

운동하면서 가장 힘들었던 게 뭐냐면, 장애인의 여행을 위한 법적 근거가 아무것도 없잖아요. 그런데 2007년도에 우리가 UN의 CRPD(The Convention on the Rights of Persons with Disabilities, 장애인 권리에 관한 협약) 비준을 했죠. CRPD 30조 (문화생활, 레크리에이션, 레저 및 스포츠 참여에 관한 조항)에,

지우 여행할 수 있는 권리가 있죠.

윤선 네, 그거를 근거로 활동했죠. 그리고 우리나라 장애인 차별금지법 만들 때도, 여행과 관련된 조항을 이야기하면 택도 없는 소리라는 얘기를 많이 들었어요. 그런데 CRPD를 근거로 엄청 노력해서 2017년도에 개정이 됐어요.⊛

지우 와, 산증인이시네요.

윤선 언니를 여행 작가로 알고 있던 나는 언니가 들려주는 장애운동의 역사에 압도되고 말았다. 장애운동은 전국장애인차별철폐연대의 출근길 지하철 타기 운동으로 뜨거운 감자가 되었지만, 사실 수십 년 전부터 다양한 분야에서 꾸준히 이어져 왔다. 우리는 많은 열사와 활동가들 덕분에 변화된 세상에서 살고 있다. 일본의 장애인들이 건네준 "노력 없이는 아무것도 안 된다."라는 말에 고개를 끄덕였다. 노력해야만 여행할 수 있는 현실이 답답하면서도, 수많은 장애선배의 노력 위에서 바퀴를 굴리고 있다고 생각하면 허리를 곧추세우고 비장한 마음을 먹게 된다.

언니의 운동은 여전히 현재 진행형이다. 아직도 누군가는 "먹고살게 해 줬으면 됐지, 여행은 배부른 소리다."라고 말할 수도 있다. 나 역시 인터넷에 여행기를 업로드 하면 "사지 멀쩡한 나도 여행 잘 못 다닌다."라는 댓글을 보기도 한다. 하지만 30년 넘게 그런 말들에 굴하지 않고 굴러 온 언니가 눈앞에 있기에, 나는 움츠러들지 않기로 한다. 손을 뻗어 다른 장애인을 밖으로 데려오려고 한다.

※　2017년 장애인차별금지 및 권리구제 등에 관한 법률 제24조의2(관광활동의 차별금지) 조항이 신설되었다. 이를 다루는 시행령에서는 1. 장애인의 관광활동을 위한 관광시설 이용 및 관광지 접근 등에 관한 정보 제공 및 안내 2. 장애인의 관광활동을 위한 보조 인력의 이용 안내 등을 명시하고 있다.

언니는 끊임없이 활동했다. 2009년에는 무장애 프로젝트 사업비를 따내 서울의 관광지 100곳을 모니터링하고 환경 개선을 요구했다. 그 해에만 80%가 개선되었다. 지금은 서울의 4대 궁궐에 경사로가 있다. 모두 언니의 흔적이다. 언니는 이어서 세미나도 하고, 사진전도 개최하며 계속해서 관광지 바꾸기에 몰두했다. 장애인 여행객으로 이뤄진 '팸투어'를 꾸려 개선된 곳들로 함께 여행을 다녔다. 한 번도 여행해 보지 못한 사람들이 여행을 떠났고, 너무도 만족한다는 후기를 남겼다. 언니는 한번 여행한 사람들은 계속 간다는 말도 덧붙였다. "하여튼 어디서 그렇게 열정이 나왔는지, 겁 없이 했죠. 그렇게 한 3년 정도 하니까 바뀌더라고요." 언니의 표정은 부드럽고 온화했지만, 나는 왠지 꼿꼿한 마음이 들었다.

나, 갈 수 있구나

지우 장애인들도, 여행을 가는 사람들은 잘 가는데 또 한 번도 안 가 본 사람도 많고, 이렇게 양극화되어 있잖아요. 안 가보신 분들한테 뭔가 하고 싶은 말씀이 있다면요?

윤선 안 가 보신 분들은 무서워서 못 가거든요. 여기 가면 화장실은 있을까? 차나 탈 수 있을까? 괜히 고생하는 게 아닐까? 이런 것들 때문에 되게 두렵기도 할 거예요. 혼자 한 번도 안 해 봤기 때문에 그런 두려움이 있잖아요. 그리고 거절당해 본 기분, 차별당한 경험 때문에 내가 여행 가서 또 차별당하고 거절당하고 이러면 어떡하나 하는 시간이 축적돼서 여행을 잘 못 하는 것 같아요.

그래서 멘토가 있으면 되게 좋겠다고 생각해서 멘토-멘티 사업을 했어요. 한번 멘토와 다녀오고 나면 그다음부터는 혼자 알아서 다 가거든요. 처음이 문제잖아요. 시작을 어떻게 하느냐가 문제인 것 같아요. 갔다 오고 나면은 진짜 자존감이 확 올라간다니깐요.

여행이 두려우신 분들은 주변에 여행 잘하시는 분들, 한두 번이라도 가 보신 분들하고 한 번씩 가까운 동네라도 갔다 오면 좋을 것 같아요. 동네부터 시작해서 영역을 넓혀 가는 거죠. 영역을 넓히다 보면 '나, 갈 수 있구나.' 이 생각이 딱 들어요.

1월이 여름인 나라에서 윤선 언니와의 인터뷰를 정리하고 있는 나는 "나, 갈 수 있구나."라는 말에서 지금 여기에 있는

"영역을 넓히다 보면
나, 갈 수 있구나
이 생각이 딱 들어요."

테이블이 놓인 공간에서 지우가 태블릿 pc를 앞에 두고
윤선의 이야기에 집중하고 있다.

내 존재를 다시금 실감한다. 이 말이 우리 몸에서 살아 숨 쉬는 유산과도 같이 느껴진다. 이 문장은 성희 언니에게서 "또 갈 수 있겠는데?"라는 말로, 서윤 언니에게서 "이제 무서울 게 없다."라는 말로 조금씩 바뀌어 흐른다. 그렇게 세상으로 한 바퀴 나간 언니들은, 그 순간을 혼자만의 성취로 간직하지 않고 자꾸만 다른 이들을 불러 모은다. 이 기분을 나만 느낄 수 없다고, 우리는 함께해야 한다고 말하며 운동을 하고, 모임을 만들고, 민원을 넣고, 사업을 한다.

나도 그 움직임에 동참하고 싶다. 그게 내가 이 글을 쓰는 이유다. 우리와 공명하는 이들이 있다면, 그들이 이 글을 읽고 있다면, 두려워서 하지 못하고 있는 일이 있다면, 얼른 이 보물 같은 문장 "나, 갈 수 있구나."를 자신의 언어로 직접 만나라고 말하고 싶다. 그러기 위해 꾹꾹 힘을 눌러 담아 글을 쓴다.

<윤선 언니가 추천하는 여행지>

1. 여행을 처음 시작하는 사람: 기차역이나 지하철역에서 내리면 바로 여행지인 곳

- **파주**　　　임진강역(경의중앙선) → 자유의 다리 → 임진강 독개 다리 → 평화누리공원 → 임진각 평화곤돌라

- **정동진**　　정동진역 → 모래시계 공원 → 썬크루즈 조각 공원

- **목포**　　　목포역 → 근대역사문화 거리 → 근대역사관 1관 → 근 대역사관 2관 → 삼학도 → 김대중 노벨평화상 기념관

- **여수**　　　여수엑스포역 → 오동도 → 여수해상케이블카 → 여수 해양공원

- **묵호**　　　묵호역 → 묵호 어시장 → 논골담길, 묵호등대 → 도째 비골 스카이밸리 → 까막바위 → 망상해변

2. 여행에 제법 익숙해진 사람: 장애인 콜택시를 타고 갈 수 있는 곳. 제주에서는 장애인 콜택시가 24시간 운행되며 다인승 차량(전동 휠체어 3대 탑승 가능)도 운행된다. 지역 간 연결에는 주의가 필요하다.

- **2박3일 성산포 코스**

　성산일출봉 → 오조리 한 바퀴(성산갑문, 식산봉, 족지물, 성산포성당) → 우도 한 바퀴 → 섭지코지

208

• **2박3일 송악산 코스**

송악산 → 알뜨르비행장 → 셋알오름 → 사계해변 → 산방산 → 대평
포구 → 논짓물

• **2박3일 한림 코스**

한담해안산책로 → 곽지해변 → 명월성지 → 월계사 → 한림해변 →
한림공원 → 금능리

3. 여행 초보부터 고수까지, 부담 없는 여행지

• **서울**

* 덕수궁·정동길 → 광화문광장 → 세종충무공이야기 → 경복궁 → 청
와대 → 청와대사랑채 → 윤동주문학관 → 국립현대미술관 서울관 →
열린송현녹지광장 → 감고당길 → 서울공예박물관 → 정독도서관 →
삼청동길 → 인사동 → 운현궁 → 창덕궁 → 북촌 한옥마을

* 동대문디자인플라자 → 쌍화차 거리 → 광장시장 → 동묘 벼룩시장
→ 동묘

* 명동성당 → 명동 쇼핑 거리→ 남산케이블카 → N서울타워 → 남산순
환나들길 북측순환로(무장애 산책로)

• **부산**

해운대 → 오륙도 → 태종대 한 바퀴 → 보수동책방골목 → 부평깡통
시장 → 국제시장 → 서면 젊음의거리

금강산도
오줌권 다음

장애인 화장실 ⟶

장애여성이라는 자각

나를 바꿀 수 있는 건 꾸준한 사랑뿐

여전히 화나는 일투성이인 세상이지만 그 속에도 선물 같은 친절함, 사랑하는 이의 손길, 뜻밖의 다정이 있음을 이제는 안다. 그것들이 나를 계속 살게 한다. 나를 살린 것들을 기억하기 위해서라도 포착하고 기록하고 알려야 했다. 나는 곧잘 분노로 움직이는 사람이었고, 여전히 그 힘이 중요하다고 생각한다. 그러나 세상을 바꾸고 싶은 마음은 누군가를 미워하는 힘만으로 이뤄지지 않았다.

2023년의 새해 시작에 크게 사이버 불링을 당한 적이 있었다. 전국장애인차별철폐연대 활동가들을 과잉 진압하는 공권력에 항의한 내 글이 캡처되어 어떤 커뮤니티에 욕설과 함께 게시되었다. 그 게시글에 '좋아요' 몇천 개가 달렸고, 전장연 활동가와 나를 비난하는 댓글이 몇백 개씩 쏟아졌다. 어린 시절부터 온라인 게임과 커뮤니티에 길들어 웬만한 공격에는 미동도 하지 않는 나지만, 순식간에 늘어나는 악플과 내 유튜브 채널, 소셜 미디어 계정까지 찾아와 괴롭힘을 이어 가는 사람들에게는 적응할 수 없었다. 휴대폰을 볼 수가 없어서 사흘 정도 인터넷을 끊었다. 대신 좋아하는 이들의 글을 읽고, 인터뷰집을 읽었다(이 원고를 쓰기 시작한 이유도 여기에 있다). 괜찮다고 생각하려 했지만, 사실 좀 괴로웠다.

사흘이 지나자 개인적인 공간까지 침범하던 공격이 언제 그랬냐는 듯 사라졌다. 누군가에게 장애인 활동가를 비난하는 일은 그저 유희거리였다는 생각을 했다. 때때로 그 비난들은 원본 없이 그저 복제될 뿐인 학습된 분노이기도 하다. 장애인에게 쏟아지는 비난이 많은 경우 '밈'처럼 비슷한 문장의 형태로 이뤄져 있다는 데서 그 근거를 확인할 수 있다. 그리고 더 중요하게는, 미워하는 마음은 꾸준할 수 없다는 것을 알았다. 자동 반사적으로 튀어나오는 분노는 금세 스러지고 지속 가능하지 않다.

하지만 사랑하는 사람들은 다르다. 그들은 꾸준하다. 세상의 변화를 만들어 내려는 사람들은, (설령 그 시작은 분노였을지 몰라도) 한 걸음씩 내딛는 과정에서 사랑하는 존재들을 만난다. 누군가는 장애가 있는 딸을 위해, 누군가는 도축장에서 도망친 소의 얼굴을 보고 세상을 바꾸려고 한다. 또 누군가는 기후위기로 파괴되는 자연을 지키고 싶어서 활동을 이어 간다. 주변의 어떤 사람도, 누군가를 죽도록 미워하려고 혹은 무언가를 망치려고 사는 사람은 없었다.

인터넷에서의 갖은 괴롭힘이 잠잠해진 뒤 일기를 썼다.

그런 생각이 들었다. 나를 바꿀 수 있는 것은 꾸준함뿐이라고. 그리고 사랑을 동력으로 하는 일들은 그 꾸준함을 가능하게 한다고. 반대로 미움을 동력으로 하는 일들은 언젠가 그 힘이 다해 스러지고 만다고. 나를 괴롭히던 미움은 사흘이 지나니 언제 그랬냐는 듯 잠잠해졌다. 나를 사랑하는 사람들은 변함없이 사랑을 말해 줬다. 이제는 별로 무섭지 않아졌다.

사랑하고 아끼는 마음만이 꾸준할 수 있다. 미움은 절대 꾸준할 수 없다. 오직 꾸준한 것만이 내게 영향을 줄 수 있다. 두려움에 떨던 사흘을 털고 일어날 수 있게 해 준 깨달음이었다. 나는 일기장에 이 문장을 적는 것을 마지막으로, 수렁으로 빠져들었던 2023년 정초를 잘 보내 줄 수 있었다.

꾸준하게 좋은 일을 말하는 게 얼마나 중요한지 이제는 안다. 하지만 여전히 어려운 일이기도 하다. 화나는 순간은 너무 많이 찾아오고 울컥하는 마음에 분노로 항의하기는 쉽지만, 고마운 사람들의 반짝이는 마음은 마치 흙탕물에 흰 물감을 한 방울 떨어뜨린 것처럼 잠깐 빛을 발하다 흐려지기 때문이다.

그러나 윤선 언니의 글에는 억울하고 화나는 일보다 아름다운 풍경에 대한 벅찬 감상과 우연히 마주친 친절에 관한 묘사가 가득했다. 휠체어를 타고 사는 삶은, 또 휠체어를 타고 하는 여행은 소위 '인류애 상실'의 순간을 끊임없이 마주하는 일임에도 불구하고 말이다. 어떻게 그럴 수 있을까.

좋은 순간을 기록하는 힘에 대해 다시금 생각했다. 사랑만이 꾸준할 수 있다고 말하면서도 뾰족한 고슴도치마냥 가시를 추켜세우고 거리를 거니는 나에게는 없는 습관이었다. 작가로서의 언니가 더 궁금했다. 이번 편은, 몇몇 부분을 윤선 언니의 책에서 인용했다.

저는 촉진제거든요

하이에나처럼 어슬렁거리다 드디어 문턱 없는 식당이 눈에 들어왔다. 한식 뷔페식당 '보리밭 사잇길로'. 아니, 실은 식당 사장님이 우릴 불렀다. "여기 휠체어도 들어올 수 있게 공간이 넓으니까 들어오세요." (…) 전동 휠체어 네 대가 한꺼번에 들어갈 수 있고 턱도 없는 데다가 입식 테이블이 있는 식당이다. 너무 반가워서 얼른 식당으로 들어가 자리를 잡았다. 자리를 잡는 동안 사장님은 접시에 밥이며 반찬이며 퍼다 주신다. 그리고는 사장님 남편도 휠체어를 타는 장애인이어서 우리의 심정을 잘 안다고 하신다.

– 전윤선, '목포, 목포는 항구다, 목포는 맛있다' 中,
《아름다운 우리나라 전국 무장애 여행지 39》

지우 휠체어 타고 다니면 친절한 사람들 되게 많이 만나잖아요, 안 좋은 사람만큼이나. 작가님 책에서는 사소하기도 한데 순간순간 좋은 것들과 친절한 사람들, 그런 걸 많이 쓰시는 걸 봤어요. 근데 그게 되게 재밌었거든요. 특히 이런 이야기를 쓰시는 이유가 있을까요?

윤선 저는 촉진제거든요. 물론 안 좋은 것도 되게 많죠. 그런데 그것보다 사람들이 제 방송을 듣거나 글을 보고 '여기 어려운 것도 있지만, 좋은 게 더 많네.'라는 생각으로 동기가 생기길 바라는 마음에서 좋은 일들을 조명하는 것 같아요. 안 좋은 거는요, 민원이라든지 토론이라든지 이렇게 알리면 돼요.

이야기하는 윤선의 손과
전동 휠체어의 옆모습이 클로즈업되어 있다.

"제가 늘 말하는 것 중 하나가
'배워서 남 주자.'거든요.
배워서 장애인 주자,
배워서 장애여성 후배 주자."

지우 내 창작물을 누가 보느냐를 생각하는 게 진짜 중요한 작업인 것 같아요. 또 기억나는 좋은 순간들이 있으세요?

윤선 제가 정동진에 처음 갔을 때, 그때는 기차에 휠체어를 실을 수가 없던 시절이었어요. 그래서 역무원이 저를 업어 가지고 기차에다 앉혀 주고, 얘(휠체어)를 들어서 실어 줬어요. 그때 일출 보러 갔었거든요. 밤 기차 타고.

지우 혼자 가셨어요?

윤선 네. 혼자.

지우 대박.

윤선 가니까 사람들이 너무 의아해하는 거예요. (눈을 흘끔흘끔 흘기며) '아니, 여기에 저렇게 장애인이 왔어?' 막 이렇게 생각하는 것처럼 쳐다보는 거 있잖아요. 그렇게 하더라고요. 그러거나 말거나, 정동진 일출 보고 나서 집에 갈 때까지 기차 시간이 남아서 배도 고프고 하니까 식당을 막 찾았어요. 들어갈 만한 식당을 아무리 찾아봐도 없는 거예요. 근데 식당이 딱 하나 있더라고요. 턱이 아무것도 없었어요, 입식 테이블에다가. 문을 열고 딱 들어가려고 그러는데, 거기 주인이 저한테 천 원짜리를 툭 던지면서 문을 탁 닫는 거예요.

지우 (경악하는 숨소리) 아니⋯⋯!

윤선 그때만 해도 장애인은 다 구걸하는 사람이라고 생각했던 거죠. 너무 어이가 없어서 '그래, 잘 먹고 잘 살아라.' 그러고 돈도 안 가지고 나왔어요. 근데 너무 배가 고픈 거야. 그래서 리어카에다가 간식 같은 거 파는 곳 있잖아요. 그냥 그거 먹었죠. 진짜 속에서는 막 열불이 나는데 그걸 말할 수가 없잖아요. 가족들한테는 아무 얘기도 안 하고, 장애인 단체나 장애인 동료들끼리 있는 데서 얘기를 했어요.

그러고 나서 몇 년 후에 또 갔더니 그때는 호객하는 사람들이 있는 거예요. "언니, 여기 우리 집에 휠체어도 들어올 수 있어. 우리 집에서 잘 수도 있어." 막 이러면서 나한테 호객을 하더라고요. '몇 년 사이에 사람들 생각이 이렇게 많이 바뀌었구나.' 하고 실감했어요. 그사이에 생각이 바뀌었다는 건 그만큼 여행하는 사람들이 늘었다는 거고, 장애에 대한 인식이 많이 달라지고 있다는 거잖아요. 그래서 너무 좋았어요.

그다음에 또 갔을 때는, 호객하는 분이 자기네 집에 식당도 있고 숙소도 있다는 거예요. 분명히 들어갈 수 있다는 거야. 우리가 "어, 그래요?" 그러고 갔는데 못 들어가는 거예요. (지우 웃음) 계단이 있더라고요. "아니 계단인데, 저 못 들어가잖아요!" 그랬더니 "들어 주면 되죠." 이러는 거예요. 전에 왔던 사람은 번쩍 들어 줬다고요.

근데 전동 휠체어는 그게 안 되잖아요. 그래서 이건 들 수 있는 게 아니라고 알려 드리니까, 그분들이 고민하는 거죠. "어떻게 해야 하지?" 하길래 "경사로 만들면 되죠." 그랬더니 그다음에 가니까 경사로를 만들어 놨더라고요.

지우 진짜 되게 중요한 것 같아요. 사실 막 장애인이 미워서 안 하는 사람들이 많진 않잖아요. 초대하고 싶은데 잘 몰라서 곤란해지기도 하고요. 이럴 때 장애인이 가서 알려 주면 고치려는 사람도 있고…… 이게 여행의 의미인 것 같아요.

윤선 물론 정동진에서의 경험처럼 그런 사람들도 있지만…… 갈 때마다 그러지는 않는 것 같아요. 예를 들면 손님 많은 시간에 갈 때 있잖아요. 그러면은 이제 짜증 내고 막 그런 경우도 있어요. 그럼 손님 없을 때 또 가는 거죠, 뭐.

지우 또 가세요? 저는 안 가는데. (웃음)

윤선 손님 좀 없는 시간에 가서 시키는 거죠. 그러면 미안해하기도 해요. 그럼 "다음에는 저희 몇 명 올 건데, 손님 없는 시간은 언제쯤이에요?" 하고 물어보죠. 안 바쁜 시간대에 몇 명 데리고 또 가기도 하고요. 그다음부터는 손님 많을 때 한두 명 가잖아요? 그럼 그렇게 안 하더라고요.

지우 넉살 정말 좋으시다. 이게 생활의 지혜 같아요.

더 적나라하게 쓰고 싶다

퐁낭구집 할머니께선 반가운 손님이 왔다며 믹스커피를 내어 주셨다. 2코스 오조리 구간은 장애인 화장실이 없는 곳이라 매번 사양했지만 더 이상 거절하면 안 될 것 같아 달달한 믹스커피 한잔을 다 마셨다. (⋯) 그런데 갑자기, 터질 듯이 오줌보가 차올랐다. 하도해수욕장까지 중간중간에 숱한 화장실이 있지만 휠체어 사용인이 접근할 만한 화장실은 없다. (⋯) 하염없이 달려 이윽고 장애인 화장실을 갖춘 하도해수욕장에 도착했다. 그런데!! 대체 어찌 이럴 수가 있단 말인가. 화장실 입구에 쇠사

슬로 바리케이드를 쳐놓았다. (…) 너무 황당하고 당장 오줌을 쌀 것 같았다. 온몸에 식은땀이 흐르고 급기야 헛구역질까지 나왔다. (…) 할 수 없이 5킬로미터 넘게 떨어진 해녀박물관까지 달리기로 했다. (…) 초인적인 힘을 발휘해 겨우 도착한 해녀박물관, 장애인 화장실로 허겁지겁 들어가 바지를 내리고 휠체어에서 변기로 몸을 옮기는 찰나, 억눌렀던 오줌이 한꺼번에 쏟아지기 시작하더니 멈추질 않았다. 우, 하는 외마디 비명이 화장실을 가득 메웠다. 참고 또 참으며 그 먼 길을 맹목적으로 달려온 보람도 없이 오줌이 바지를 흠뻑 적시고, 신발까지 적셨다.

- 전윤선, '올레길 1, 2, 21 코스 커피와 화장실' 中,
《아름다운 우리나라 전국 무장애 여행지 39》

지우 또 인상 깊었던 게 '커피와 화장실' 편이었는데요, 저도 너무 아는 감각이잖아요. 저도 밖에서 커피 절대 안 먹거든요. 아예 안 먹고 화장실 진짜 많이 참아요. 전 또 유리 방광이어서 엄청 자주 가고 싶거든요. 그런데 책에 실수하는 장면이 있잖아요. 저는 '이걸 쓴다고?' 이런 생각을 했어요. 글이 정말 긴박하고, 모르는 사람도 이 글을 읽으면 장애인이 이용할 수 있는 화장실 찾는 게 얼마나 힘들지 알겠다는 생각도 들었지만, 그렇다고 이런 이야기를 책으로 내는 건 별개의 일이잖아요.

　'내가 성공했다.' '내가 이만큼 여행했다.' 이런 거 말고도 실수했고, 시행착오를 겪었고, 심지어는 '내가 오줌을 쌌다!' 이런 글을 어떻게 쓸 수 있는지, 되게 궁금했어요.

윤선　'오줌권'. 이렇게 얘기를 하잖아요. 권리라고 얘기하는데 이거를 적나라하게 딱 밝히는 사람들이 그렇게 많지는 않아요. 그런데 그냥 우리 일상이잖아요. 장애가 있는 사람들이 외출할 때 제일 궁금해하는 것 중에서 하나가 "거기 가면 화장실 있어?" 이거거든요.

지우　맞죠!

윤선　그러니까 화장실 찾기가 너무 어렵고, 중요하고, 가끔은 찾지 못해 실수를 한다, 그런 일도 있다는 걸 사람들이 알아야 할 것 같아요. 그래서 그 일화를 썼는데, 저는 더 적나라하게 쓰고 싶은 게 많거든요.

지우　더 써 주세요. 너무 궁금해요.

윤선 그런 경험을 하는 사람들이 장애인들만 있지는 않더라고요. 어르신들하고도 얘기하다 보면은 오줌 싼 얘기를 엄청 많이 하시는 거예요. '이런 이야기를 하는 게 정말 중요하구나.' 하고 생각했어요. 이게 원초적 본능이잖아요. 본능이 해결돼야 아름다운 풍경도 보이고 할 텐데, 해결이 안 되면 아무것도 안 보이죠.

우리는 휠체어를 타니까 휠체어가 들어갈 수 있는 화장실이 있어야 하는데, 전국적으로 장애인 화장실의 수가 일반 화장실에 비해서 3분의 1도 안 되거든요. 말이 안 되잖아요. 장애가 있는 사람들은 점점 더 늘어나고 있는데. 그래서 이런 실수에 대해서는 좀 더 솔직하게 써야겠다 싶었죠.

지우 정말 많은 장애인이 겪는 문제고, 말씀하신 것처럼 어르신들이나 다양한 사람이 겪는 어려움인데 이야기하긴 쉽지 않죠. 그걸 드러내 주시니까 좋았어요.

윤선 오줌 싼 얘기만 했잖아요. 사실 똥도 쌌거든요. (지우 웃음) 똥 싼 얘기도 하고 싶거든요. 성별에 따라 생식기 구조가 다르잖아요. 여자는 똥 싸면 정말 큰일 나거든요. 변이 질로 들어가서 감염될 수도 있고요. 저는 똥 싸 봐 가지고 알거든요.

223

정말 한 일주일은 고생해요.

지우 이런 얘기가 진짜 있어야 해요. 똥 얘기에서 자연스럽게 넘어가서 좀 그렇지만…… 저도 인터뷰이를 일부러 장애여성으로 한정한 게 남성 장애인하고 여성 장애인하고 겪는 게 되게 많이 다르잖아요. 근데 외부에서는 그냥 장애인으로 뭉뚱그려서 보죠. 그럴 수가 없는 이야기들이 너무 많은데.

윤선 우리나라 장애여성과 남성이 동등하다고 그러는데, 아직까지도 기울어진 운동장에서 뛰고 있다고 생각해요. 저는 장애여성 활동도 하는데요. 제도나 이런 것이 없어도 모두 평등하면 좋겠지만 지금은 그게 어렵잖아요. 그래서 장애여성지원법﹡이 올해 꼭 국회에서 통과되면 좋겠는데 여전히 안 되고 있어요. 장애계도 주류가 남성이기 때문에 여성 장애인들이 비집고 들어갈 틈이 없어요. 내부에서 배척하려고 하기도 하고요.

﹡ 장애여성지원법은 교육 지원과 모성보호 및 보육 지원, 여성 건강 지원, 고용 지원, 성폭력·성매매·가정폭력·학대 피해 지원, 성인지 교육 지원, 가족 지원에 대한 내용을 포함하고 있다. 2021년 12월 2일 더불어민주당 최혜영 의원을 비롯한 39명의 국회의원에 의해 발의됐으나 원고를 쓰고 있는 2024년 3월까지 국회에 계류 중이다.

지우 활동을 계속하시니까 그런 걸 더 느끼시겠어요.

윤선 엄청나요.

지우 순진한 질문일 수도 있지만…… 어떻게 해야 할까요?

윤선 내가 장애여성이라는 정체성을 분명히 갖고 활동해야 하는 것 같아요. 생물학적으로 여성, 이걸 떠나서 계속해서 내 정체성을 공부하고 떠올려야 해요. 제가 늘 말하는 것 중에 하나가 '배워서 남 주자.'거든요. 배워서 장애인 주자, 배워서 장애여성 후배 주자.

지우 장애여성들이 특히 뭘 더 배워야 할까요?

윤선 여성성이란 무엇일까도 생각해야 하고 그러면 장애-여성은 어떤 사람인가, 그것도 알아야 할 것 같아요. 지금은 장애가 있는 여성을 장애-여성으로 안 보고 그냥 장애인으로 뭉뚱그리잖아요. 여성계에서도 장애여성은 그렇죠. 소수로 취급되고. 장애계에서도 소수로 취급하니까, 나의 정체성을 분명히 찾는 것도 되게 중요해요.

장애여성지원법 같은 것도 사실은 여성가족부로 가는 게 맞거든요. 그런데 장애와 관련되면 모두 복지로 생각해요. 그래서 보건복지부에 법안을 냈는데도 불구하고 남성 장애인조차도 '그게 필요해?' 이렇게 생각하는 거죠.

장애인은 여성이거나, 노인이거나, 노동자거나 동시에 그 모두일 수 있다. 그러나 법과 제도, 사람들의 인식 체계 속에서 한 사람의 몸을 교차하는 교직은 와르르 무너져 버린다. 통계적으로 수치화하고 태그를 다는 일은 많은 사람을 포괄하려는 법과 제도에서 필요한 일일지 모르나, 그 분류를 일상에 적용할 때 장애인의 삶은 종종 하나의 덩어리로 인식된다.

그렇게 생성된 인식은 다시금 법과 제도를 만들 때 영향을 끼친다. 한정적인 테두리에서 장애인의 삶을 얄팍하게 상상하고 많은 경우, 장애와 관련한 법과 제도를 또다시 '최소한의 삶을 보장하는 복지'로만 인식한다. 그 인식 체계 속에서 우리가 문화 예술을 즐길 권리, 여행할 권리, 관계를 맺고 사랑할 권리는 복지의 수준을 넘어선 '과욕'으로, 부차적인 것으로만 치부한다. 그렇게 단선적인 분류 체계 속에서 장애인의 삶은 납작하게 재단된다.

밋밋한 상상을 뛰어넘는 다정과 영감

지우 마지막 질문인데요, 작가님은 가소롭게 느끼실 수도 있지만 (웃음) 장애가 있는 제 또래 사람들은 나이 듦이 어렵고 무섭다, 이렇게 생각하기도 하는 것 같아요. 저도 어릴 때는 조금 걸었었어요. 그런데 몸이 커지고부터는 못 걷겠는 거예요. 이런 변화를 계속 인식하고 받아들이는 게 또 제 몫이잖아요. 어떻게 하면 현명하게 할 수 있을까요?

윤선 제 장애 특성상 장애가 계속 진행되잖아요. 항상 진행 중이죠. 지금은 집에서 인공호흡기 찬 지가 벌써 한 10년 정도 됐거든요. 한창 혼자서 여행 다니고 이럴 때는 화장실에 혼자 갈 수 있을 때였어요. 장애인 화장실만 있으면 여행이 가능했는데, 장애가 진행되면서부터 화장실도 혼자 못 가고, 그다음에 침대 같은 데도 혼자 못 올라가게 됐어요. 순간순간 당황할 때가 있어요.

저는 늘 생각하는 게, '나는 매번 새로운 장애를 경험하네?' (웃음) 장애에 적응하려 하면 새로운 장애가 진행되고, 그 장애에 적응할 만하면 또 진행되고 이러니까요. 매일 새로운 삶을, 새로운 일상을 사는 게 내 운명인가 보다 생각하고 살아요. 당황하는 순간도 있지만, 그건 잠깐이에요. 주변 동료들과 선배들을 보면 나보다 더 장애가 심해도 다 잘 살아요. '내가 못 살 게 뭐 있어?' 이런 생각도 해요. 다들 나름 대로 잘 살아가니까요. 누구나 다 늙고요. 장애가 있다고 안 늙는 건 아니니까요.

그냥 순리대로 사는 거죠, 뭐. 포기가 아니라, 그냥 받아들 여지는 것 같아요. 안 그러면 내가 피곤해서 어떻게 살아요?

"맞죠, 하나하나 어느 세월에 놀라고 있어요." 내가 말했 다. 우리는 함께 웃었다. 혹자는 우리의 삶이, 빠르게 변화하는 신체가, 고통이 수반되는 관절이, 예상 못 한 채 맞이하는 어려 움이 그저 고통스러울 거라고 상상할지 모른다. 하지만 우리 는 밋밋한 상상의 반대편에서 새로운 일상을 발견하고, 돌발적 인 실수에 웃어 버리고, 비슷한 몸과 연대하며 단단한 마음을 채우고, 때로는 그저 무시하며 계속 살아간다. 때때로 울고 아 프고 수치스럽더라도, 그것이 우리의 전부가 아님을 알기에 두 렵지 않다. 투박한 프레임으로 납작하게 짓이기려 해도 우리의 삶은 틈새를 비집고 나와 다채로운 흔적을 남길 것이다.

우리 몸은 경험할 것이 참 많은 몸이라고 생각했다. 어느 한 경험에는 분명히 다른 뒷면이 있어서, 고통과 수치를 통과

228

한 만큼 친절과 다정과 영감을 만나기도 쉽다. 경험을 피할 수 없다면, 나를 계속 살아가게 하는 순간들을 기억하는 일 역시 필요할 테다. 그리고 그 순간을 알려서, 다른 사람을 살릴 수도 있을 것이다. 촉진제 역할을 하기 위해 선명한 풍광과 친절을 기록하는 윤선 언니처럼.

"일흔을 지금, 더

김효선

1957년생. 캘리포니아주립대학교 특수교육학과 정교수로 재직 중.
이론과 실제를 겸비하고 한국과 미국의 특수교육 징검다리 역할을 하고 있는 학자다.
브런치(@kyoju)에서 교육 분야 크리에이터로 활동하며 교육 방법과 행동치료 이론
등을 쉽게 풀어 시민사회에 다가서고 있다.

앞둔 —
나이 들어서
좋아요."

실망하지 않는 법을 가르치는 사람, 효선

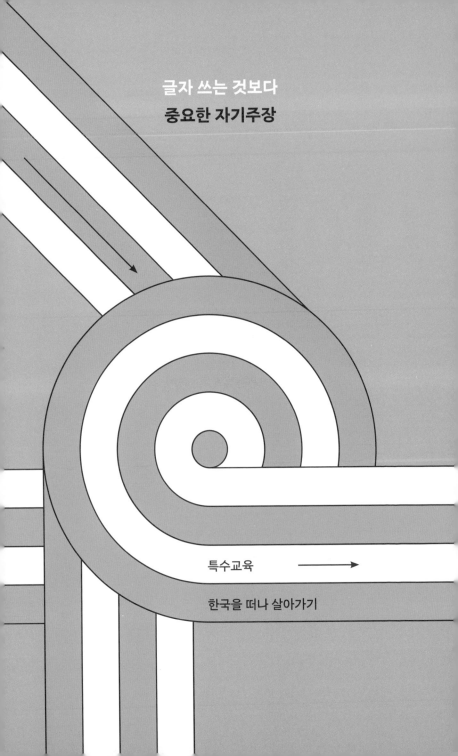

글자 쓰는 것보다
중요한 자기주장

특수교육 →

한국을 떠나 살아가기

휠체어 탄 어른이 될 거라는 걸 알았다면

이전에도 이야기한 적이 있지만, 사실 난 나을 수 있을 줄 알았다. 언젠가는 친구들처럼 걷고, 뛰고, 놀이공원도 갈 수 있을 줄 알았던 때가 있었다. 어릴 적 끝도 없이 받았던 재활 치료와 학교에 가는 시간까지 반납하며 했던 수많은 운동은 모두 '나를 좋아지게 하는 것'이라고 생각했으니까. 누구도 '장애가 있는 채로 어른이 될' 나의 미래를 이야기해 주지 않았으니까. 장애가 있는, 휠체어를 탄 어른을 볼 수도 없었으니까.

그렇게 미지의 정체성으로 허우적대길 몇 년, 아홉 살 때의 일이다. 내 '병명'이 뇌성마비임을 알고 있었으므로 뇌성마비에 대해 더 잘 알고 싶어 어린이 책을 읽었다. 갑자기 나는 믿을 수 없는 진실을 맞닥뜨렸다. 책의 머리말에 "안타깝게도 뇌성마비를 가진 친구들은 완치가 불가능해요."라는 문장이 있었기 때문이다. 커다란 진실과 대면할 준비가 되지 않은 채로 내 장애가 낫지 않는 것임을 처음 알았다. 순간 가슴 속에서 뭔가 쿵 떨어지는 소리가 들리는 듯했다. 목덜미에 아찔한 기운

이 서렸다. 읽으면 안 되는 내용을 본 것처럼 책을 덮었다가, 열었다가, 다시 덮었다. 내 나이 아홉 살, 스스로 판도라의 상자를 연 것이다.

마침 근육 절개와 인공 뼈 삽입이라는 큰 수술을 계획하고 있던 참이었다. 여느 때처럼 집중 치료를 위해 병원에 입원해 있던 어느 밤, 나는 소등 시간이 지난 어두컴컴한 병실 침대에서 현미와 마주 보고 모로 누워 있었다. 그러다 대뜸 "엄마, 어차피 안 낫는데 왜 수술해야 해?"라고 물었다.

현미는 무던한 얼굴을 하려 했던 것 같다. 하지만 15년이 지난 뒤 복기하는 현미의 얼굴은 깜짝 놀란 것 같기도, 많이 속상한 것 같기도 하다. 알고 있었으면서, 마치 뇌성마비는 나을 수 없다는 문장을 목도한 내 얼굴 같은 표정을 하고 있었다. 현미가 무어라 대답했는지는 잘 기억나지 않는다. "모두 나을 수 없더라도 지우가 더 오래 걷고 많은 것을 할 수 있게 될 것"이라고 한 듯한 잔상만이 어렴풋이 남아 있다.

내 장애에는 적절한 치료와 운동이 필요함을 이해했기 때문에, 이후에도 열심히 병원과 학교와 센터를 오갔다. 하지만 장애가 나을 수 없는 것임을 안 순간의 서늘함만큼은 여전히 시린 모양새로 내 목덜미에 남아 있다. 오랜 시간이 지난 후 태균에게 "왜 나을 수 없다고 미리 말하지 않았냐."라고 물은 적이 있다. 태균은 "나도 네가 얼마만큼 더 변할지, 얼마나 더 할 수 있을지 몰라서 말해 줄 수 없었다."라고 대답했다. 사실 내가 스스로 많은 것을 할 수 있는 어른이 되기를, 아니 '낫기'를 가장 바랐던 건 태균과 현미였을 것이다.

세상이 뒤바뀌는 감각을 느끼지 않고도 내 장애를 알 수 있었을까. 장애를 없애야 하는 게 아니라, 장애와 함께 무사히 행복한 어른이 될 수 있다는 걸 알았으면 어땠을까. 어린 내가 지금 내 모습을 본다면 어떤 기분일까. 여전히 장애가 있고, 그렇게 떼고 싶어 했던 휠체어를 타고, 그 위에서 세상을 누비는 나를 보면 아홉 살의 나는 기뻐할까, 실망할까. 내게 휠체어 탄 언니가 있었으면 어땠을까. 휠체어 탄 할머니를 알았다면 어땠을까.

'휠체어 탄 할머니를 알았다면 어땠을까.' 효선 언니를 처음 알고 한 생각이었다. 효선 언니와 내 만남은 조금 특별하다. 여느 때처럼 유튜브를 운영하던 어느 날, 메일함으로 한 통의 메일이 날아들었다. 'Christina Kimm'이라는 사람에게서 온 편지였다.

Christina Kimm입니다

오늘 우연히 구르님의 YouTube를 보게 되었어요.

최고!!!!

(…)

보면서 나의 과거 사진들을 좀 보내고 싶은 맘이 생겼어요. 나중에 아주 나중에라도 아이디어가 될 수 있겠고…… 또 휠체어 탄 노인네가 열심히 돌아다니고 있다는 응원도 하고 싶구요.

"휠체어 탄 노인네"라는 단어가 사뭇 매력적으로 다가왔다. 나는 한창 유튜브 채널에 '휠꾸(휠체어 꾸미기)' 콘텐츠를 올리던 참이었다. Christina라는 사람은 꽃가마로 변신한 휠체어 영상이 너무 좋았다며, 교수인 본인 역시 강의에서 한국의 지하철 농성을 이야기할 기회가 있었다고 말을 이었다. "대감님의 가마 길을 막아서며, 휠체어가 들어가지 못하는 가마에 대한 농성을 상상"해 봤다는 엉뚱한 말에 웃음이 났다. 나는 부잣집 막내딸 느낌의 고고한 휠체어를 만들었는데, 휠체어로 가마 길을 막아서는 농성이라니!

그 뒤의 메일은 더욱 흥미로웠다. "복지 정책은 미래를 보고 설계해야 한다."라는 말과 함께, '우주정거장의 접근성 농성' 이야기가 쓰여 있었다. 조선 시대와 우주여행 시대의 장애인을 동시에 상상하는 사람은 어떤 사람일지 더 궁금해지기 시작했다.

메일에는 그의 사진도 여러 장 첨부되어 있었다. 1990년대 초반 휠체어 테니스를 즐기는 사진, 농구 친선 경기에 참가한 사진, 도우미 개와 찍은 사진, 2010년대의 실내 암벽 타기 사진과 공항에서의 사진. 앳된 얼굴의 젊은 여성이 운동복을 입고 활보하고 있기도 했고, 중년의 얼굴을 한 여성이 개와 함께 있기도 했다. 마음이 두근거렸다. 휠체어를 타고 어디든 가 보는 사람들의 사진은 언제나 내게 용기를 준다.

"휠체어를 타고 여행을 엄청 많이" 했고, "삼육재활학교에서 교사로도 근무"했고, "캘리포니아주립대 교수"로 있다고 하는 자칭 "노인네"라니. 흥미가 생겼다. 이런 메일을 써 본 적이 없는데, 마침 한국에 방문한다는 말에 커피 챗을 제안했다. 그렇게 이어진 인연은 벌써 2년째 지속되고 있다. 그가 인터넷에서 활동할 때의 필명이 '교주'라 나도 교주라고 부르지만, 이제야 알게 된 Christina Kimm의 이름은 '효선'이라 이 글에서는 효선 언니라고 부를 생각이다(교주라는 수상한 닉네임의 유래는 지적장애아동이 언니를 불렀을 때 발음이 "교주님"이었다는 일화에서 왔다. 주변인이 발음을 교정하려 했지만, 언니는 그렇게 호명되고 기억

되는 것이 좋아 '교주'를 필명으로 사용하게 되었다).

몇 번 만나 대화를 나눈 사이지만 인터뷰에서는 어떤 질문을 해야 할지 고민했다. 효선 언니에게 묻고 싶은 것이 많았다. 종종 한국을 떠나 사는 삶을 상상하는 사람으로서 외국에서의 인생이 궁금했고, 연구와 교육을 하며 사는 삶은 어떤지도 궁금했다. '전환교육'이라는 특수교육 방법론을 가르치는 효선 언니가 어떤 시선으로 장애인과 교육을 바라보고 있는지도 궁금했다. 장애와 함께 나이 드는 삶에 대해서도 묻고 싶었다. 장소의 제한이 있기에 우리는 줌에서 만났다. 나는 흐릿한 노트북 웹캠으로 접속했는데, 스트리밍하는 사람처럼 선명한 화질의 효선 언니가 화면에 나타났다.

지우 독자분들께 자기소개를 부탁드려요.

효선 그냥 늘 "크리스티나 킴입니다."라고만 얘기해요. 가끔은 "한국 이름은 김효선인데요." 하고요.

지우 (더 말해 달라는 눈빛)

효선 다른 사람들이 소개하는 교수고 어쩌고, 그건 별로 중요

화상 채팅을 하는 지우의 컴퓨터 모니터에
서로를 향해 웃는 효선과 지우의 모습이 보인다.

하진 않아요. 그렇게 나를 소개하면 "오케이, 땡큐." 하고 말아요. 말할 기회가 있다면 단국대학교에서 공부했다는 얘기를 많이 해요. 감사함을 느끼고 있거든요.

지우 단국대학교에는 왜 감사함을 느끼세요?

효선 나는 소아마비였으니까, 한쪽을 전혀 못 쓰지만 또 걸었어요. 그래서 고등학교 때 다른 아이들하고 모든 걸 똑같이 했으니까 좀 느려도 의사가 되겠다고 생각했어요. '의사가 돼서 장애학생들, 나와 같은 애들을 돕고 싶다.' 이렇게 생각했죠. 고등학교 3학년 때 선생님들이 너 어느 대학 갈 거냐고 묻길래 "의대 가려고요." 했더니 미안하지만 의대에서 장애인을 받지 않는다고 얘기해 준 거예요.

　의사가 돼서 장애인을 치료할 수 없다면, 그다음으로 할 수 있는 게 선생님이라고 생각했어요. 장애가 있는 아이들을 교육하는 게 굉장히 중요하겠다는 생각이 들어서 대학을 찾았을 때, 불행히도 특수교육 전공이 있는 학교는 세 군데밖에 없었어요. 대구대, 단대, 이대. 대구대는 멀고 남녀공학에 가고 싶었으니 단대에 가게 됐어요.

　교수님이 외국에서 공부하지 않으신 분이지만, 외국 서적을 많이 읽으시고 특수교육에 대해서 우리들을 너무너무 잘 가르쳐 주셨다는 거를 졸업 후에 더 잘 알게 됐죠. 미국 박사 과정에 왔을 때 새로 배운 건 없어요. 왜냐하면 이미 다 배웠어요. 대학 다닐 때 교수님이 다 다뤘던 내용을 배우는 거예요. 그래서 감사한 마음이 있어요.

나 매일 싸우고 있는데요?

지우 외국에서 오래 사셨잖아요. 외국에서 산다는 게 어떤 느낌인지 궁금한 독자분들도 계실 것 같아요.

효선 제가 생각하는 게 다른 사람하고 조금 다르게 독특하다, 이런 느낌은 없지 않아 있어요. 나는 내가 지구촌의 일원이라고 생각해요. 태어난 집은 한국이라는 집이지만, 지구 전체가 내 땅이라는 느낌이 들어요. 다 이웃사촌 느낌인 거예요. 그러니까 어디를 가도 이상하거나 불편하거나 이런 게 없어요.

한국이 아닌 곳에서 사는 삶에 대해 이야기할 때 많은 사람이 미국의 좋은 점을 말해 주길 기대하는데, 나는 그렇지가 않은 거예요. 우리나라도 좋은 점이 많이 있다고 늘 생각해요. 여기서 사나 한국에서 사나 똑같다고 생각하기도 해요. 어떤 면에서는 한국이 더 좋기도 하죠. 끈끈한 정이 있고 모든 것이 가까이 있으니까 물건도 쉽게 살 수 있고 하는 것들이요. 미국은 그렇지 않아요. 장소가 멀고, 혼자 사는 거예요. 그런 차이가 있지 다른 거는 같다고 봐요.

지우 특히 사회보장 시스템에서 다른 점을 이야기하곤 하잖아요.

효선 우리나라가 장애인의 니즈를 파악할 때 먹여 주고 재워 주는 거, 돈을 주는 단계에 있다면 미국은 이미 그거는 해요. 그렇다면 좋은 나라냐? 이건 아닌 거예요. 그다음 단계, "우리는 소속감을 느끼고 싶어. 그리고 같이 어울리고 싶어." 이런 이야기를 하죠. 우리나라도 이걸 위해 싸우고 있기도 하죠. "친구를 만날 수 있게, 직장에 갈 수 있게 지하철을 타게 해 줘." 하며 시위하는 거잖아요. 공공시설이나 시스템에 대해 싸우는 건 미국도 비슷해요. 추구하는 게 조금 다르지만, 결국은 미국도 아직 뭔가 다 이룬 게 아니잖아요. 여기서도 계속 투쟁하고 싸우고 이런 부분이 있어요.

콘텐츠를 만드는 사람으로서 실은 나 역시 '한국에는 없는 ○○이 여기에는 있다!'라는 식의 말하기에서 자유롭지 못하다. 내 인생 처음으로 해외 연수를 떠날 수 있었던 건 일본의 훌륭한 접근성 보장 정도를 칭찬하던 일본어 스피치 덕분이었고, 자주 관심을 받는 영상 주제 역시 해외의 '선진' 복지 시스템을 칭찬하는 내용이다. 효선 언니는 내게 '되어 있는 것'과 '되어 있지 않은 것'의 비교를 넘어야 한다고 조언해 주곤 했다. 왜 되어 있지 않음이 생겨나는지, 그걸 해결할 방법은 무엇인지, 되어 있는 것에 개선 가능성은 없는지 이야기해야 한다고 했다.

사실 미국에서의 삶에 대해 질문한 이유도 '미국은 한국보다 이런 점이 잘되어 있어.'라는 대답을 받고 싶었기 때문일지 모른다. 언니를 통해 접한 미국의 여러 복지 시스템은 들을 때마다 놀랍고 부러웠다. 효선 언니는 그런 내 의도를 간파하고, 빤히 보이는 유도 질문에서 미끄러지며 답했다. 대신 '자기 결정 능력'에 대한 이야기를 이어 갔다.

효선 다른 부분이 있다면, 한국은 나라에서 먼저 '장애인들이 이런 게 필요할 거야.'라고 생각하고 복지 시설을 통해서 그걸 쫙 나눠 줘요. 쌀이 필요할 것이다. 쌀. 돈이 필요할 것이다. 돈. 보장구가 필요한 곳이다. 보장구. 이렇게 일방적으로 전달하는 거예요.

그런 거에 비해서 미국은, 한 사람 한 사람마다 "너 필요한 게 뭐야?" 이렇게 묻는 방식이 강해요. 지원금이나 보장구를 넘어선 것이라도, 왜 필요한지 이야기가 되면 제공하는 방향으로 고민하는 거예요. 한국 시스템에서는 그렇게 될 수 없잖아요. 그죠? 그게 유럽도 그래요. 유럽도 '복지시설이 잘되어 있는 복지국가다.' 이런 얘기들이 있지만 일방적으로 복지를 제공하는 측면이 있어요. 제가 프랑스 파리에 가서 강의할 때 그런 얘기를 했어요. 여기도 감옥이랑 비슷하다. 내가 무엇을 원하는지 들어주는 나라에서 살고 싶다.

미국에서 장애인으로 살기 위해서는 내게 이 지원이 얼마만큼, 왜 필요한지를 설명할 수 있어야 해요. 그러다 보니까 '셀프 디터미네이션(self determination, 자기 결정 능력)' 그리고 '셀프 애드버커시(self advocacy, 자기주장)' 이 두 가지가 굉장히 중요해요. 특수학교에서 장애학생들에게 정말 많이 가르치는 능력이 바로 이거예요. 숫자 세는 것도, 자기 이름 쓰는 것도 중요하지만 그거보다 더 중요한 게 이 두 가지예요.

미국에 살면서 "미국은 장애인의 천국이라더라." 하는 이야기를 많이 듣는데, "천국 아닌데? 나 매일 싸우고 있는데요." 이렇게 얘기해요.

지우 미국의 사회보장 서비스들에 대해 들으면서 좀 궁금한 점이 생겼는데요. 미국에서는 자기주장이 되게 중요하잖다고 하셨잖아요. 그렇게 할 수 없는 장애인들이 있을 것 같은데요, 예를 들어서 중증 발달장애가 있어서 주장하는 게 어려울 수도 있고…… 그런 사람들에 대해서는 어떻게 접근하나요?

효선 맞아요. 지적장애인의 경우는 어떻게 하느냐. 먼저 말했던 것처럼 중·고등학교에서부터 자기주장하는 법을 굉장히 많이 가르쳐요. 선택하게 하고, 거절하는 법을 배우고, 자신의 권리가 무엇인지를 강하게 배워요.

그런데 만약에 장애가 중해서 그것이 어려운 사람이 있다면, 그 사람이 열여덟 살이 되면 법적으로 그를 대신해서 의사 결정을 하는 후견인이 지정돼요. 보통은 어머니나, 이런 사람이 그 역할을 많이 하죠. 그럼 법적 후견인이 장애가 있는 사람에게 최대한 맞는 답변을 하고, 사람들은 그 주장이 당사자의 말이라고 생각하는 거예요.

요즘은 이 역할을 법인처럼 만드는 것에 대한 요구도 생겼어요. 당사자의 환경을 결정할 수 있는 게 한 사람이 아니라 여러 명이 같이 의논하는 거죠, 재단법인처럼요. 어쨌든 기본적인 것은 최대한으로 장애인에게 물어본다고 봐야죠. 그렇다고 해서 모든 장애인이 다 자기가 원하는 것만 하지는 못하지만, 그런 '요청'의 기회가 열려 있는 거예요.

그거 굉장히 싫어해요. 어떤 사람이 나한테 뭐라 그러냐면, "아니 옛날에는 먹지도 못하던 사람들을 먹여 주고 재워 주고 말이야. 따뜻하게 해 줬더니 인제 와서는 지하철을 탄다고 해. 그냥 집에나 가만히 있지." 이런 사람들이 있어요. 그럼 내가 "돈 줄 테니까 너 그럼 그렇게 살래?" 이렇게 받아쳐요. 게네들은 좋다고 생각할 수도 있지만 그 상황이 되면 아마 제일 먼저 뛰쳐나갈걸요. 제가 하고자 하는 말은, 장애인에게 의사 결정권을 줘서 서비스를 다양화하면 좋겠다는 거죠.

잘할 수 있는 일에서 반짝이려면

효선 언니는 대학에서 강의하기 위해 전동 휠체어가 들어갈 수 있는 파워 밴(power van)을 복지 기관에서 지원받았다고 했다. 그 과정이 쉽지만은 않았다. 복지 기관에서는 왜 대학 근처로 이사 가지 않는지, 택시를 타고 출퇴근하면 안 되는지, 심지어 학교를 옮겨 근무하면 안 되는지를 물었다. 언니는 진단서와 각종 자료를 모았다. 가장 가까운 곳으로 이사해도 캠퍼스까지 걸어 들어갈 수 없고, 출퇴근 길에 택시를 타면 하루에만 60만 원을 지출해 택시비가 월급을 뛰어넘으며, 근처 다른 대학에 교수 자리가 나기는 쉽지 않음을 소명했다.

언니는 이 과정을 이야기하며 "내가 세금을 내는 이유는 어려움이 있을 때 도움을 받을 수 있다는 얘기야. 그러니까 도움을 받는 것은 나의 권리라고 생각해요. 그 돈을 무조건 배분하는 것이 아니라 잘 사용하려고 하는 것이기 때문에, 답변하는 과정에서 수치스럽지 않았어요."라고 덧붙였다.

나와 비슷한 또래인, 조산사가 되고자 했던 시각장애인 학생의 사례도 들을 수 있었다. 그가 조산사 과정을 배우려면 집에서 비행기로 한 시간 반 떨어진 대학에 가야 했는데, 자신이 원하는 진로임을 꾸준히 밝히자 결국 국가에서 매 등하교 비용을 지원했다고 한다.

"나는 이것을 할 수 있어요." "내가 이것을 해야 해요."라고 표현하고 요구하는 삶을 생각했다. 많은 경우 나는 "이것도 할 수 없어요."라고 말해야 지원받을 수 있었다. 오죽하면 "그냥 아무것도 못 한다고 해라."라는 조언이 세간을 떠돈다. 그래야 지원 대상자가 될 수 있으니까.

하지만 나는 거짓말을 잘하지 못한다. 거짓말을 시작하면 얼굴이 금세 빨개지고 누더기처럼 급히 만든 증명은 앞뒤가 맞지 않아 금방 들통나고 만다. 그래서 선택한 방법은 '내가 할 말을 강하게 믿는 것'이었다. 복지 지원을 요청하는 과정은 늘 그랬다. 나에게는 수만 가지 하고 싶은 것과 잘할 수 있는 것이 있고 동시에 수만 가지 못하는 일과 하기 어려운 활동이 있다. 지원을 받으려면 더 못하고 더 불행해야 했으므로, 내 삶 중 불행한 부분만 끄집어 와 한계를 굳게 믿어야 했다.

한국에서 장애인으로 살아가는 데 필요한 지원을 요청하는 일은 많은 경우 '수치심'과 결부된다. 예컨대 활동지원인을 구하려면 먼저 등급 심사를 거쳐 소위 말하는 '시간'을 배정받아야 하는데, 이는 한 달에 몇 시간 동안 지원인을 고용할 수 있는지를 의미한다. 이 시간은 많은 경우 '장애의 무능'으로 측정된다. 내 활동을 지원받으려면 인생에서 가장 나쁜 순간을 떠올리고 대답해야 하는 것이다. 땀을 뻘뻘 흘리며 노력하거나 시간을 들이면 할 수 있는 활동일지라도, '못한다'고 답해야 '시간'을 많이 받을 수 있다.

또, 그 '검사'를 위해 장애인들은 종종 초면인 '검사자'에게 아주 사소한 일까지 보고해야 한다. 밥을 먹다가 흘리는지, 라면은 끓일 수 있는지, 샤워는 혼자 할 수 있는지, 대변은 혼자 닦을 수 있는지…… 지원을 위해 필요한 사항이라고 해도, 고작 5분 정도 본 사람에게 이 모든 것을 이야기하는 데는 큰 수치심이 따른다. 이 과정에서 장애인의 선호나 욕망은 고려되지 않는다.[※] 혹자는 이렇게 심사받는 행위를 '불행 배틀'이라고 자조적으로 이야기하곤 한다.

나 역시 그런 정책 속에서 유년 시절을 보냈다. 그래서 활동지원서비스 등급 심사가 끝나면 항상 폭식했다. 심사 동안 겪은 일에 대한 기억과 위장쯤에 쌓인 것 같은 불쾌감을 음식과 함께 내려 버리고 싶었던 건지도 모른다. 못하는 일들만 줄줄이 '자백'하는 기분은 언제나 유쾌하지 않았다. '할 수 없는 것'을 내면화하고 이를 소명하는 것이 아니라, '하고 싶은 것'과 '할 수 있는 것'을 구체적으로 요청하는 방식을 알았더라면 어땠을까.

효선 언니의 말을 빌려 '얼마나, 왜 지원이 필요한지' 설명

※   국회의원 장혜영이 2017년 <생각 많은 둘째 언니>(現 <이웃집 국회의원>) 유튜브 채널에서 이 심사 과정을 영상으로 고발했다. 해당 영상에서 공단 직원은 발달장애인 혜정 씨를 아이처럼 대하고, "~할 수 있어요?"라는 말만 반복한다. 유튜브 영상 '혜정 씨가 전기밥솥으로 밥을 할 수 있습니까? [어른이 되면 V-log 6화]'에서 확인할 수 있다.

할 수 있다면 어떤 것들이 달라졌을까 상상했다. 내가 못하는 일을 굳게 믿는 사람이 아니라 잘하고, 하고 싶은 일을 명확히 아는 반짝이는 사람이 되고 싶었다. 효선 언니는 아이들에게 그 방법을 가르치는 사람이다. 특수교육의 방식 중 이 교육을 '전환교육'이라고 한다. 특수교육을 알고 있는 사람에게는 익숙할 수도 있지만 내게는 생소한 단어였다. 효선 언니가 가르치고 있는 일에 대해 더 알고 싶었다.

실망하지 않는 법을 배우기

효선 장애가 있는 아이들은 어떻게 사회로 나가는지 배우는 데 도움이 필요하니까, 그 아이디어를 수업 체계로 만든 게 전환교육이에요. 사실 장애를 떠나서 우리 인생 전체에 그게 필요해. 그렇잖아요?

장애학생들에게는 아까 말한 자기 결정 능력 스킬을 실천해 보는 것을 많이 가르쳐요. 물론 여기도 숫자 세는 것, 글자 쓰는 것에 중점을 둬요. 그래서 우리 학생들에게 내가 하는 소리는 여기서도 또라이 같은 소리라고들 해요.

지우 (웃음)

효선 저는 숫자 세는 것, 글자 쓰는 것들이 자기주장을 배우는 것보다 중요하지 않다고 얘기하는 거죠. 걔가 이름을 못 쓰면 도장을 파서 자기 이름을 딱 찍으면 된다고 해요. 계산하는 것도 그냥 카드 내면 되잖아요. 맥도날드에 가서 햄버거 사는데, 햄버거 가격이 2달러면 세금까지 더해서 얼마냐, 그리고 난 후에 거스름돈 얼마를 받아야 하느냐. 지금은 학교에서 이런 숫자 계산을 우선해서 가르치고 있어요.

저는 '생활'을 가르치면 좋겠다고 많이 얘기해요. 아이들한테 기능적인 걸 교육하자. 밥하는 것, 빨래하는 것도 가르치고 자기 생활을 꾸리는 법도 많이 가르치자. 사회 속 사람들하고 어울리는 과정도 많이 배우고, 지역사회의 공공시설 이용하는 방법도 좀 가르치자고 강조해요.

물론 지금도 교육해요. 근데 그거를 열여덟이 돼야 시작해요. 저는 아기 때부터 가르쳐야 한다고 얘기하죠. 유치원이나 초등학교 때부터 어떤 옷을 입을지, 무엇을 먹을지 결정해 보도록 하고, 집안일 할 때 참여하게 하고 하는 것처럼요. 그래서 부모 교육이 중요하다는 이야기도 자주 해요. 선생님들에게도 그렇게 가르치고요.

251

"숫자 세기, 글자 쓰기보다
자기주장을 배우는 게
중요해요."

어깨 아래까지 내려오는 웨이브 머리에
안경을 쓴 젊은 시절의 효선이 휠체어 농구를 하고 있다.

지우 너무 중요한 것 같아요.

효선 나한테 수업 들은 애들은 나보고 늘 그래요. 강의를 들을 때는 막 바로 다 될 것 같은데, 나가서 해 보면 안 된다고.

지우 (뭔지 안다는 눈빛)

효선 "계속해서 하면 된다." 늘 이렇게 말해요. 실망하지 않는 방법도 참 중요해요. 실망시킬 수 있는 건 오직 나밖에 없어요. 조금 더 준비하고, 계속하면, 적어도 나만 실망하지 않으면 돼요. 내 결과에 다른 사람들이 다 실망해도 내가 실망하지 않으면 되는 거예요.

언니는 특수교육에서 장애인을 가르치는 일이 절반이라면, 나머지 절반은 시민사회를 교육하는 일이라고 덧붙였다. 인터뷰 이후 시간이 조금 흘렀을 때, 언니의 메시지가 도착했다.

다음 달에 나는 아르헨티나와 브라질에 강의하러 가요. 올 6월에 정년을 맞이하고 시민교육으로 새로운 삶의 전환을 기대하고 있어 신나는 중!! ㅋㅋ

언니의 말에 꽤히 기운이 났다. 온몸으로 내게 "계속하면 된다."라고 이야기하는 것 같았다. 실망하지 않아야 한다는 말이 마음속에 단단히 자리 잡았다.

인권 활동을 하는 이들이 많이 호소하는 감정 중 하나는 '소진감'이다. 무엇을 지향해야 하는지는 알겠는데, 현실에서 끌어내기는 어렵고, 무너지는 것은 순식간이기에 자꾸만 실망하게 된다. 나 역시 종종 지쳤고 실망했다. 사실 지금도 그 상태에서 자유롭다고 할 수 없다. 말하는 게 두려워졌고, 이전 같으면 분노하고 행동할 일에 아무 감정도 느끼지 못하는 나를 발견한다. 그렇게 무던해진 나를 보고 또 실망하곤 했다.

효선 언니는 흐릿해진 나를 보며 계속하면 된다고 이야기한다. 계속하라고. 조금씩 쌓다 보면 분명 변하게 되어 있다고. 그러니 실망하지 말라고. 나를 실망하게 할 수 있는 건 나뿐이라고. 먼저 길을 떠난 언니가, 수많은 변화를 목도했을 언니가 그렇게 말한다. 시야가 조금은 선명해지는 기분이었다.

내가 나의
동지가 되기를

나를 향한 나의 시선

휠체어 위에서 나이 들기

구른님, 구르님, 구를님

효선 언니는 1년에 한 번씩 한국에 온다. 나는 우연히도 언니의 눈에 띄어 2년 전부터 한 번씩은 한국에서 언니를 만나고 있다. 언니와 나는 시차가 큰 지구 반대편에 살고, 나이 차이도 크고, 살아 온 공간과 시간이 모두 다르지만 왜인지 꼭 닮은 부분이 있다. 우리는 틀린 그림 찾기 게임을 하는 것처럼, 완전히 다른 배경 속 같은 그림을 종종 만난다. 그리고 비슷한 모습을 한 우리를 발견하고 즐거워하곤 한다. 코로나19가 극성이던 시절 언니가 빠진 취미는 VR인데, 나 역시 비슷한 시기에 VR 게임에 빠져 휠체어를 타고도 서 있는 자세의 플레이어처럼 게임하는 법을 연구했던 것처럼 말이다.

나는 종종 '나보다 먼저 그 길을 간 사람'으로 언니들을 바라보지만, 효선 언니와 이야기할 때 즐거운 점은 언니는 '내 뒤를 따라오는 후배'로만 나를 대하지 않는다는 점이다. 우리에게는 40년이 넘는 시간의 틈이 있지만 때때로 언니는 나보다 먼저 경험한 사람이기도, 그저 나와 동시대에 살며 같은 취향

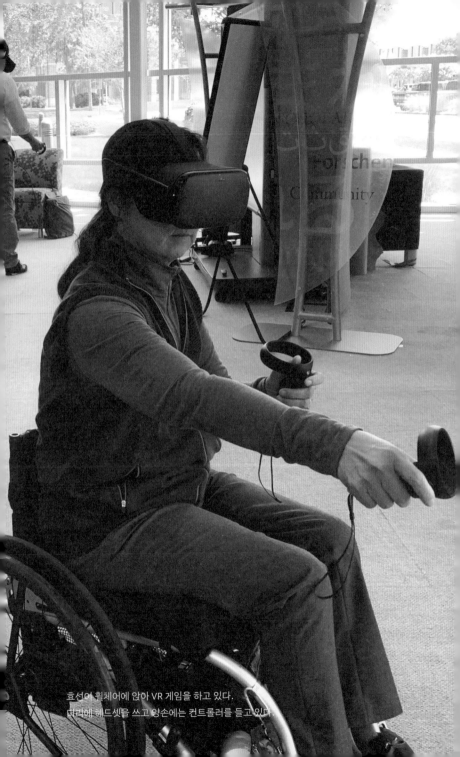

효선이 휠체어에 앉아 VR 게임을 하고 있다.
머리에 헤드셋을 쓰고 양손에는 컨트롤러를 들고 있다.

과 취미를 가진 사람이기도 하다.

두 번의 만남 이후 효선 언니는 내게 글 한 편을 써 주었다. 제목을 읽고 웃음을 지을 수밖에 없었다. 언니가 붙인 제목은 내 제2의 이름인 '구르님'에서 착안한 '구르님과 구른님'이었다. 내 이름이 구르님인 건 휠체어가 구르기 때문이라는 간편한 이유였는데, '구르다'가 현재형이라는 점을 활용해서 나는 '현재를 굴러다니는 구르님'이고 언니는 '세상을 굴러다녔던 구른님'이라는 이름을 만든 것이다.

그 글에는 긴 세월의 간격이 존재함에도 우리가 어떻게 공명하는지가 쓰여 있었다. 휠체어로 에스컬레이터를 오르내리고, VR 게임을 하고, 비슷한 장애가 있는 이들을 위해 활동하기도 하는 등 말이다. 우리 둘의 비교 말고도, 앞으로의 '구를님'들을 위해 '구르님'과 '구른님'들이 무엇을 해야 하는지 적은 언니의 글은 유쾌하면서도 뼈가 있었다.

"나와 비슷해서 좋고 달라서 더욱 좋다."라는 문장에서 왜인지 언니가 나를 자랑스러워하고 있다는 느낌을 받았다. 그 감각이 좋았다. 언니의 마음은 내가 지민을 보는 마음과도 닮은 듯했다. 나와 닮았으면서, 나보다 더 큰 세상으로 향하는 몸짓을 보면 아무 조건 없이 등을 밀어주고 싶은 마음 말이다. 내가 할머니가 되었을 때 '구를님'들을 만나면 어떤 기분을 느낄까. '구른님'으로서 그들에게 무엇을 해 줄 수 있을까 고민하기 시작했다.

일단 무사히 할머니가 되어야겠다고 생각했다. 내가 효선 언니의 삶에 대해 들었을 때 용기를 얻었듯이 말이다. 효선 언니의 인생 이야기를 들으면 뭔가 해낼 수 있을 것 같은 용기가 마음속에서 일렁인다. 언젠가 할머니가 될 내가 살아갈 시간 하나하나가, '구를님'들에게 작은 상상이라도 보탤 수 있길 바란다.

그냥 내 멋대로 사세요

지우 많은 분이 어떻게 살아오셨을지를 궁금해하실 것 같더라고요. 저희가 방금 전환교육에 대해 이야기했잖아요. 결국 '전환'을 공부하는 게 모든 사람에게 필요하다고도 해 주셨고요. 교주의 인생에서도 전환의 순간들이 있었을 것 같은데요, 그때의 마음이 궁금해요.

효선 나는 집에서 고등학교 3학년 때 나왔어요. 내가 봐도 좀 이상한 사람이긴 해요. (웃음) 장애인이나 가난한 사람을 도와주고 싶다고 했는데, 이렇게 따스운 방에서 살고 있으면 그 상황을 어떻게 알겠냐는 생각이 들어서 나왔죠. 그래서 수녀원에 갔어요. 수녀가 되려고 간 건 아니고, 수녀원에서 가난한 사람을 도와주는 프로그램이 있었어요. 그 사람들을 도우면서 먹고 자는 건 해결하고, 영어 과외 같은 걸 하면서 돈을 벌었죠.

대학교 다닐 때도, 미국에 가야 하는데 돈이 없어서 유학 시험을 봤어요. 시험 봐서 장학금을 받았고요. 전환 얘기가 나왔으니까, 교사를 한 것, 외국으로 간 것, 교수가 된 일…… 많은 전환이 있었는데요. 그 자체 하나하나가 중요한 게 아니라, 저는 그런 전환을 앞두고 준비하는 데 90%의 에너지를 썼어요. 그러면 다른 것은 문제가 아니게 돼요.

'준비'를 이야기하니까 장애인분들에게 전하고 싶은 게 있어요. 밖에 나가면 사람들이, 어렸을 때는 놀리죠, 지금도 휠체어 타고 나가면 무시하기도 해요. 나는 그 사람들이 어쩌면 옳게 보고 있다는 생각도 해요. 예를 들어 "넌 병신이야."라고 했을 때, "맞아, 나 병신이야, 나 못 걸어. 맞아, 나 못 뛰어."라고 대답해요.

단순히 그 사람들을 욕하는 것보다도 중요한 두 가지가 있어요. 하나는 뭐냐 하면 남들이 나의 못하는 부분을 볼 때, 나의 좋은 부분을 나는 알 수 있잖아요. 딴 사람들은 장애만 보지만 나는 나의 장애도 보고, 내가 좋아하고 잘하는 것들을 알기도 하죠. 그러니까 주눅들 필요도 없어. 그 사람들이 보는 눈은 외부의 시선이에요. 밖에 있는 걸 어떻게 바꾸겠어요? 내가 나를 봐야 해요. 나까지 나를 싫어하면 이 세상에 내 동지가 아무도 없잖아요. 그러니까 적어도 나는 나를 인정해 주고, 사랑해 줘야 해요.

그리고 두 번째는, 장애가 있고 없고를 떠나서 자기가 하고 싶은 일을 해야 한다는 거예요. 남들이 된다고 그러더라, 안 된다고 그러더라 하는 건 아무 소용이 없어요. 박사과정 때 우리 지도 교수님이 나한테 뭐라 그랬냐면, "너는 강의하면서 동시에 연구하고 이런 교수가 될 가능성은 없어."라고 한 거예요. 나한테. 그 말이 끝나자마자 내가 뭐라 그랬냐면, "That's your idea." 이렇게 말했어요. 그 사람이 바로 사과했죠. 미안하다고, 그런 의미가 아니라고. 그래서 내가 "괜찮아. 그건 뭐 네 의견이니까 존중하고, 하지만 그건 네 생각이고 내가 못 할 이유는 없어." 그 자리에서 얘기했죠.

장애의 관점에서, 내가 못하는 거는 남도 다 아니까 그거 그냥 인정하면 돼요. "너 못 걷는구나." 하면 "맞아." 그냥 따르면 돼요. 그렇지만 남들이 보지 못하는 나의 잘하는 부분이 있잖아요. 그걸 내가 아는 게 중요하죠.

교수가 된 것도, 원래부터 목적이 아니었어요. 근데 교사를 하면서 보니까 일 년에 열 명. 특수반에 있는 그 열 명밖에 영향을 못 미치잖아요. 그래서 특수교육으로 아이들에게 영향을 주려면 선생님들을 가르쳐야겠다고 생각하게 됐어요. 그러려면 박사가 돼서 공부를 더 해야겠다. 그럼 한국 대학교에서 한국 선생님들만 가르쳐야 할까? 내가 뭐라 그랬어요? 지구촌이다. 내가 어디서 가르쳐도 장애인을 돕는 거잖아요. 그래서 미국에서 공부를 이어 가게 됐죠.

근데 그때가 93년도인데, 미국도 한국도 경제난으로 충격이 있었어요. 그러니 교수를 잘 안 뽑죠. 사람들이 많이 걱정했는데, 저는 마음이 널널했어요. 꼭 미국이 아니어도 되니까요. 지구촌 어디든, 영어나 한국어로 가르칠 수 있으면 되는 거예요. 사람들이 "그럼 지구촌에 자리가 없으면 어떻게 할거냐." 막 이러는데, 혹시 알아? 화성에 가면 거기도 분명히 특수교육이 필요한 ET가 있을 것이다. 쓰잘데기없는 자신감. (웃음)

물론 영어로 미국 박사들과 겨뤄 보고 싶다는 개인적인 욕심도 있었고, 미국에서 한인 사회도 굉장히 큰데. 이민자로서 살아가면서 장애교육의 혜택을 못 받는 사람도 있을 거잖아요. 그 사람들을 돕고 싶기도 했죠. 그리고 반대로, 다들 미국에서 뭔가를 배워서 한국으로 가져간다고 생각하지만 '한국의 좋은 교육법들을 가져가서 미국을 계몽시키겠다.' 이런 생각도 있었어요. 그 세 가지 이유로 여기에 남은 거죠.

우리 지우 님도 밖에서 주는 어떤 제한 같은 거 느끼지 않아도 돼요. 그냥 하고 싶은 대로, 인생이 그래요. 그냥 살고 싶은 대로 살다 죽는 거지. 그거 뭐 남을 신경 쓴다고 더 잘 살고 이런 거 아니야. 그냥 내 멋대로 사세요.

2000년대에 태어난 나는 1950년대생 소아마비여성의 삶이 녹록지 않았을 거라고 멋대로 상상했다. 하지만 그 시간을 거쳐 온 언니에게는 그리 큰 문제가 아니었다. 외려 언니의 정체성은 강력한 동기가 되어, 지구촌 어딘가에서 장애가 있는 이를 돕는 삶을 상상하게 했다.

"내 멋대로 사세요." 선명한 화질의 효선 언니가, 모니터 너머로 자꾸만 말을 걸었다. 언니가 내게 그리 말할 때면 뱃속이 간지러운 기분이 들었다. 정말 그렇게 할 수 있을 것 같기 때문이다. 언니의 존재는 그러므로 큰 용기가 된다.

비단 과거의 이야기뿐만 아니라, 지금의 언니 이야기 역시 내게 필요할 것 같았다. 언니는 비혼 여성이다. 홀로 살거나 대안적인 형태의 가족을 이룬 여성들의 이야기가 늘고 있지만, 결혼하지 않은 채로 사는 나이 든 여성은 불행할 거라는 사회적 시선이 여전하다. 어쩌면 1950년대생 소아마비여성의 삶이 순탄치 않았을 거라는 나의 짐작도 결이 같은 생각일지 모른다. 더는 멋대로 상상하고 싶지 않았다. 현재의 삶은 어떤지, 무사히 할머니가 되어 가고 있는지 언니에게 물어야 했다.

나이가 들어서 더 좋아요

지우 이 인터뷰를 진행하면서 다양한 나이대의 장애여성분들을 만나고 있거든요. 그중에서도 교주는 마지막에 등장하실 예정인데 중년, 노년의 장애여성 이야기를 궁금해하시는 분들도 많이 계실 것 같아요. 사실 당연히 나이 들수록 장애가 생기는 분들도 많고, 장애가 있는 상태로 나이 드는 분도 많을 텐데 나이 많은 장애인에 대해서는 한국 사회에서 되게 얘기가 안 되는 것 같거든요. 그냥 노인이면 노인이고 장애인이면 장애인, 이렇게만 얘기가 되는 듯해요. 근데 그럴 수가 없잖아요.

효선 이제 내가 예순일곱이에요. 한국 나이로 예순여덟이잖아요. 근데 나도 내가 이렇게 몸이 나빠질 거라는 생각은 전혀 못 해 봤어요. 나의 젊은 시절 에너지를 보면 어느 누구도 이렇게 됐으리라 상상을 못 해. 나의 상상은 뭐였느냐 하면, 순직하는 게 꿈이다. (웃음) 교실에서 공부를 가르치다가 칠판 앞에서 쓰러지는 게 내 꿈이었어요. 근데 지금은? 못 가, 학교를. (웃음)

그리고 이제는 못 걸어요. 내가 골프를 굉장히 좋아했고 잘 쳤는데도 불구하고, 이제는 골프를 치러 나갈 만한 에너지도 없고 힘이 없어서 5년 전부터 못 나갔어요. 사람도 많이 만나면 정신없고요. 그래서 도움이 많이 필요한 상황이 됐어요. 청소나, 밥해 주는 사람도 따로 오고요.

몸이 안 되는 부분이 너무 많은 거야. 그러니까 그 느낌이 어땠느냐 하면, 장애가 없던 사람이 중도에 장애를 가지게 됐을 때처럼, 딱 그런 쇼크가 왔어요. 적응에도 2, 3년 정도 시간이 걸렸고요. 요즘은 조금 마음이 바뀌었어요. 내가 할 수 있으면 최선을 다해 준비해서 해결하고, 바꿀 수 없는 일이라면 수용하자. 이렇게 마음이 변한 거예요.

장애인 여성분들에게 얘기를 전한다면…… 나는 나이가 들어서 더 좋아요. 물론 더 어릴 때 내가 하고 싶은 일을 찾아다니면서 한 건 사실이지만, 남들이 볼 때는 어떤 면에서는 장애를 극복하려고 막 노력한 모습으로 볼 수도 있어요. 무의식 중에 나도 그랬는지도 모르죠. 그런데 그게 다 없어지는 거예요.

예순이 넘어가니까 마음이 굉장히 여유로워지고, 이해심도 더 많아지고 관용도 늘었어요. 어릴 때도 다른 사람을 돕는 것을 좋아했지만, 지금은 훨씬 더 큰 폭으로 이해하고 관용할 수 있어요. 마음이 넉넉해지는 게 너무너무 좋은 거예요.

사람 쉽게 안 죽어요. 아이고, 제자 중에 휠체어 타던 친구가 내 앞에서 아주 교만하게 "어머, 마흔이 왜 필요해요? 마흔까지는 안 살아요." 이러더라고요. 지금 쉰여섯이야. 그래서 내가 "야, 마흔 어떻게 됐냐?" 하면 요즘은 그냥 웃어요. 죽고 살고를 떠나서, 지금 잘 살고 있는데 왜 고민해요? 살아 있으면 누려야지. 지우는 그런 거 고민할 시간이 없을 정도로 막 행복하면 좋겠어요.

지우 교주가 말씀해 주신 게 엄청 소중하다는 생각이 들어요. 저는 지금도 점점 나빠지는 게 느껴지거든요. 그러니까 '내가 할머니가 되면, 너무 몸이 나빠지면 어떡하지?' 이런 생각을 되게 많이 하는데, 어떻게 하면 그렇게 행복하다고 말하면서 나이 들 수 있을지가 좀 궁금해요.

효선 그거의 기초는 수용하는 거예요. 인정하고 수용하는 것. 몸이 더 나빠질 거라고 예상하면 두려워할 필요도 없죠. 그죠? 나빠질 건 뻔한 거야. 장애가 있는 사람이 장애가 더 심해지겠지. 그런데 실질적으로 심해지는 과정에서, 그 안에서 나의 최선을 다하면 돼.

경험이라는 측면에서 보면 이 변화도 나한테 재미있는 거죠. '어머, 이런 것도 있네.' 하고요. 나도 너무너무 놀라요. 넘어지면, 옛날엔 일어났는데 요즘은 혼자 못 일어나요. 그러면 '이럴 수도 있구나.' 하는 거죠. 변화는 서서히 다가오지만 아직도 끝은 아니잖아요. 끝날 때까지 끝난 게 아니니까 두려워하기보다는 즐기자고 생각하고 싶어요.

다른 사람들은 이런 경험 못 하잖아요. 예순, 일흔이 돼서도 이런 변화를 경험하지 못하고, 변화에 대응하는 마음을 깨닫지 못하고 그냥 그러고 사는 사람들이 있는가 하면, 고꾸라지고 난 다음에 뭔가 깨닫는 사람들이 있잖아요. 그러니 우리는 이미 조숙하게 살아가고 있어요. 장애인들은 경험하지 못한 사람들보다 오히려 생각도 깊고, 자기에 대한 이해심이 커지기도 해요. 이런 좋은 면이 많이 있어요. 그러니까 두려움에 에너지를 낭비하지 말고, 어느 땐 유머를 좀 찾아야 해요.

제가 유방암에 걸렸었어요, 15년 전에. 어떤 사람은 그러더라고요. 이미 장애인이 됐는데, 그럼 이게 좀 부당하지 않냐고요. 장애가 없는 사람한테 암을 줘야지, 왜 장애인한테 암을 주냐고요. 그날 막 울었어요. 근데 나 딱 2주 고민했어요. 2주를 고민하면서 책이랑 논문을 찾아봤죠. 어떤 발표에서, 양쪽 가슴 절개가 당사자들의 만족도가 높았어요.

나는 자기 결정권을 배웠고 트랜지션(transition, 전환)을 배웠잖아요. 거기에 문제 해결 능력에 대한 내용이 나와. 저도 장애학생들에게 "문제를 해결하려면 좋은 점과 나쁜 점이 뭔지 알고, 그것들을 쭉 쓴 다음에 그중에서 그냥 선택해야 해. 이 세상에 제일 좋은 선택은 없어."라고 가르쳤어요. 내가 가르쳤으니까 나도 똑바로 했죠. 양쪽 가슴 절개의 장점이 뭐고 단점이 뭐고…… 쭉 쓰니까 비슷비슷해요. 생각이 왔다 갔다 왔다 갔다.

마지막에 어떻게 했느냐 하면, 골프를 떠올렸어요. 여성들이 골프를 어려워하는 이유가 가슴 때문이래요. 풀스윙해서 이렇게 (골프 치는 흉내) 가야 하는데 가슴이 여기를 딱 막잖아요. '그러면 양쪽을 자르고 나면 골프는 잘 치게 생겼구나.'

269

이렇게 생각한 거야. 나는 그렇게 수술을 결정했어요. 의사한테 가서, 딱 "양쪽 다 절개!" 했죠. 의사가 깜짝 놀라데요.

사람들이 들으면, 어떻게 그런 결정을 이렇게 무식하게 하냐고 하지만, 이렇게 하나 저렇게 하나 사실 거의 비슷해요. 비슷한데, 때때로 우리한테는 유머가 필요하다. 골프를 잘 치게 되니까, 뭐 이렇게 받아들이고 그냥 결정을 내리는 게 중요하다고 생각했어요.

우리 장애인들은 조금 더 유머러스하고 긍정적이고 행복하면 좋겠어요. 남들이 보는 만큼 우리가 불행하지는 않아. 남들이 주는 불행 안에 나를 가두려고 하는데 그러지 않아도 돼요. 댄스 못 하는 거? 휠체어 댄스 추면 되고. 못 할 게 뭐 있어요? 수영? 수영하면 되고. 양궁? 양궁하면 되고. 다 해도 돼요. 나는 바위 타기, 이런 것도 해 보고 거의 다 해 봤어요. 나는 재미있게 살았어요. 난 혼자 너무너무 재밌게 살았어.

한국 복지 시스템 하에서 제멋대로 재단되고, 삶의 일부밖에 인정되지 않는 장애인에 대해 더 이야기하고 싶다. 장애 노인이 특히 그렇다. 불과 몇 해 전인 2022년까지 만 65세가 되는 장애인은 법적으로 장애인이 아닌 노인으로 분류됐다. 그리하여 강제로 '장애인활동지원서비스' 대상자가 아닌 '노인

장기요양서비스' 대상자가 됐다. 장애인활동지원서비스의 신청 자격이 '노인장기요양보험법 제2조제1호에 따른 노인 등이 아닌 사람'으로 제한되었기 때문이다. (흔하지 않지만) 하루 최대 16시간, 지자체 서비스까지 합쳐 24시간 지원을 받을 수 있는 장애인활동지원과 다르게 노인장기요양서비스 대상자가 되면 하루 최대 4시간으로 지원이 줄어든다. 지원 장소마저 집 안으로 한정된다.

하루 4시간. 지원을 통해 생활을 유지하는 중증장애인에게는 너무나도 짧은 시간이다. 곧 생일을 맞는 65세 장애인들은 죽음의 공포를 느끼며 불안에 떨어야 했다.[⊛] 당사자 등 시민사회의 비판이 십여 년 넘도록 이어진 끝에 2020년 국가인권위원회에서 65세 장애인의 활동지원서비스 중단에 대해 긴급 구제 및 긴급 정책 권고를 결정했다. 이후 보건복지부는 65세 이상 장애인이 장기요양과 함께 활동지원서비스를 이용할 수 있다고 밝혔다. 2022년 6월에서야 '장애인활동 지원에 관한 법률' 개정을 통해 '이 법에 따른 수급자였다가 65세 이후에 혼자서 사회생활을 하기 어려운 사람'이 새로 신청 자격에 포함되었다. 이 변화까지 참으로 오랜 시간을 기다려야했다.

⊛   '생일이 와 버려서 죽고 싶었다 | 장애노인들의 이야기',《닷페이스》, 2020.09.27

하지만 이 자격 역시 '보건복지부장관이 정하는 기준'이라는 모호한 준거로 예외를 발생시킨다는 비판이 있다. 앞서 보건복지부의 발표 이후에도 2021년 만 65세가 된 장애인 1,600명 중 활동지원보전급여 대상자는 70명에 불과했다.[※] 2022년 9월에도 만 65세가 지났다는 이유로 활동지원서비스에서 150시간을 삭감당한 장애노인의 사례가 있었다.[※※] '장애인 아니면 노인'이라는 투박한 분류는 다양한 정체성으로 살아가는 장애인의 삶을 입체적으로 고려하지 못한다. 현실에 존재하는 교차성은 사라지고, 이는 '만 65세 생일을 앞두고 죽음을 떠올리는' 기본권의 침해로 이어진다.

제도적 환경은 다르지만, 효선 언니에게도 구체적 삶이 외부의 시선으로 조각조각 재단되는 경험이 있었다. 그 속에서 언니는 "난 혼자 너무너무 재밌게 살았어."라고 선명히 말한다. 만 65세가 넘은, 여성이고, 전동 휠체어를 타는 언니. 동시에 교사였고, 교수이자, 화성에서의 강의를 꿈꾸는 언니. 조각으로 나누기에는 수없이 많은 경험과 동기가 있는 몸이었다.

언니에게 또 궁금한 언니들의 이야기가 있냐고 물었다.

[※] '65세 미만 장기요양 수급자, 활동지원 받는다? 10명 중 1명만 가능', 《비마이너》, 2022.06.03
[※※] '윤석열 정부 출범 2년차, 장애인활동지원제도 현황과 과제 정책토론회' 자료집, 한국장애인자립생활센터협의회, 2023.08.30

"남들이 보지 못하는
나의 잘하는 부분이 있잖아요.
그걸 내가 아는 게 중요하죠."

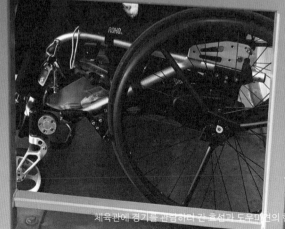

체육관에 경기를 관람하러 간 효선과 도우미견의 한 때.
도우미견이 효선의 무릎에 앞발을 걸치고 있고, 효선은 활짝 웃고 있다.
둘 뒤로 수많은 관중이 보인다.

언니는 예상하지 못한 답변을 내놓았다. "꼬마들 이야기도 참 재미있을 것 같아요." 언니는 어린이들에게도 즐겁고 괴로운 이야기들이 많다고, 또 지금까지의 '언니들' 이야기를 그들에게 소개할 수도 있을 거라고 덧붙였다.

벌써 난 휠체어 위의 여자들 여섯 명을 만났고, 이 정도면 많은 이야기를 들었다고 생각했다. 하지만 언니의 말은 질문과 답변을 계속할 수 있다는 응원 같았다. 여전히 이야기를 들어볼 사람은 많고, 우리의 말하기가 가닿을 이들도 수없이 많다고. 이어질 우리의 이야기가 또 다른 우리를 구할 수 있다고 말하는 것 같았다. 마지막 인터뷰라고 생각했지만, 언니의 답변에 고개를 끄덕였다. 여전히 더 이야기해야 하는구나. 또 어떤 사람을 만날 수 있을까. 설렜다.

인터뷰를 마무리할 무렵 언니는 장애여성에게 하고 싶은 말이 있다고 했다. 언니의 말을 인용하며, 이 글의 끝을 맺는다.

효선 장애인을 보는 비장애인의 두 가지 상반되는 기준이 있어요. 나는 굉장히 명랑한데, 내가 막 명랑하고 뭔가를 잘하면 사람들은 혀를 쯧쯧 차면서, 쟤는 자기가 장애인 거 모르나 어떻게 저렇게 명랑해, 철없게. 좀 슬픈 표정도 짓고 이래야지. 이렇게 얘기를 해요. 그런데 내가 어느 날 뭔가로 슬퍼

하고 있어. 그러면 확 와 가지고, 장애가 있다고 그렇게 비관하지 말고 웃으며 살라고 그래. 그게 바로 장애인을 가두는 틀이에요.

그러니까 아까 말했잖아요. 그죠? 다른 사람들은 나의 장애를 볼 때, 적어도 나는 내가 남보다 더 잘하거나 남만큼 잘하는 걸 알아내야 된다. 그래서 당당하게, 하고 싶은 걸 하면 좋겠다. 장애인이 저게 미쳤나, 그러겠지만 미치면 어때? 미친다고 자기가 돈을 줄 거야, 밥을 줄 거야. 그냥 내가 좋아서 살면 되는 거지.

그러니까 사회를 깨라. 어떤 면에서 이미 우리는 장애라는 걸로 비장애인들의 사회를 깼어. 그러니 멋있게 더 깨라 이렇게 얘기해 주고 싶어요. 사회적인 분위기라는 게 있어서 쉽지 않지만 누군가는 시작을 해야 돼. 누군가는 시작해야 해요. 그렇다면 그게 바로 후배 당신이면 좋겠는 거야.

우리의 활보는 사치가 아니야

1판 1쇄 발행일 2024년 4월 22일
1판 2쇄 발행일 2024년 6월 3일

지은이 김지우

발행인 김학원
발행처 (주)휴머니스트출판그룹
출판등록 제313-2007-000007호(2007년 1월 5일)
주소 (03991) 서울시 마포구 동교로23길 76(연남동)
전화 02-335-4422 **팩스** 02-334-3427
저자·독자 서비스 humanist@humanistbooks.com
홈페이지 www.humanistbooks.com
유튜브 youtube.com/user/humanistma **포스트** post.naver.com/hmcv
페이스북 facebook.com/hmcv2001 **인스타그램** @humanist_insta

편집주간 황서현 **편집** 김나윤 **디자인** 유주현 **사진** 홍산 **전사** 김현미
용지 화인페이퍼 **인쇄·제본** 정민문화사

ISBN 979-11-7087-128-6 03810